誰是真凶？

陳見宏 著

自序

　　靖國神社建於明治維新年代，恭奉日本神道，祭祀
日本本土天神地祇為主，包括妖魔鬼怪。在二戰前，靖
國神社是由軍方管理，在這樣的架構下，必定供奉大量
二戰陣亡的官兵。這些官兵犧牲是事實，可是，他們是
不是為國犧牲，還是禍國犧牲呢？這要看擺在眼前的事
實。從歷史角度來看，日軍罪行滔天，滅絕人性。為何
他們戰死或被判處死刑之後，還能接受崇高供奉？這樣
的行為，怎能平復被侵略國家人民的心情？

　　從亞洲國家人民來看，他們是死有餘辜。那些掌
握大權的軍機大臣，不好好搞好民生經濟，反而窮兵黷
武，大舉侵略周邊國家。一九三一年，明目張膽，霸佔
中國東三省；七七盧溝橋事變後，大舉侵略中國領土。
一九四一年對美國不宣而戰，偷襲珍珠港，發動太平洋
戰爭，侵略菲律賓、馬來亞、星加坡、印尼、緬甸、香
港等地；所犯的罪行，罄竹難書、人神共憤，最終給美
軍來個大反擊，把戰火引回日本本土上，發生東京大轟
炸，廣島、長崎兩地受到美國原子彈轟炸夷為平地，平
民死傷無數，在不得已的情況下，唯有作出無條件投降，

才能平息戰火；始作俑者被國際法庭判定為戰犯，處以死刑。

為什麼明治維新可以改變日本人的經濟、科技等領域，但改不了殘暴不仁的行為？觀之幕府年代的小農社會，信奉儒家學說，反而天下太平，對周邊國家的關係亦不太差。我們可不可以這樣假設，大和民族本性是和善，因為維新，才令他們埋沒本性，畫虎不成反類犬。日本人究竟從西方學了些什麼回來？但又學不到些什麼，才走入魔道，變成殺人不眨眼的魔頭？

小說的構思假借靖國神社為出發點，繼而把故事發展下去。作者個人的觀點是，日本平民因軍閥發動戰爭，賠上了性命，當上慰安婦，是最值得進入靖國神社，接受供奉，而絕不會是那些戰犯。故事亦提出一些疑問，那些照字搬紙、東施效顰的行為，硬把西方的一切，不假思索，搬來自用，是否適合作為治國藍本？是不是脫下和服，換上西裝，就能脫亞入歐？為什麼他們可以平常待人接物，彬彬有禮；但又可以反過頭來，把臉一反，露出兇殘真相的性格？這樣的性格，是怎樣得來？

作者不是無的放矢，他曾與日本人做了十多年生意，做生意對家的社長是二戰後某著名日本首相的同學，在日本極具身分地位，是何等人物。日本人很注重

禮儀，平常見面，送禮問候，不在話下，每年在日本召開的董事會議，必定禮待有加。有一年，他們在山野小築設宴招待香港合夥人，用專車送他們去，司機穿着整齊制服，白手套、禮帽，每車只接待一位賓客。上車前，作者多次與送車的高級職員說要與同事共車。他抱歉說：「這是社長親自下達的命令，不能改變。」這算是日本人守紀律，多強！行車個多小時，到達山舍外圍，賓客下車步行，經過小橋，橋下谷深百丈，流水潺潺，螢光閃閃。到達時，已見社長、高級職員親臨現場迎接，寒暄數句，再由穿着和服女知客引領賓客進場，有專人給賓客脫鞋，再加上一件和服大袍。每位與宴者都配以歌妓和服盛裝相陪。宴會分室內和室外舉行，每走一步、每一動作，都有專人侍候，把酒言歡、美不勝收！第二天，由社長主持會議，場面非常官式，最終社長拍板，派發董事袍金一千多萬港元，這樣的合作夥伴，夫復何求？

一眨眼十多年，相安無事，相敬如賓。二十世紀末，日本人想是時機已至，事前沒有任何先兆，突然出手，快而狠，絕不手軟，更不念舊情，給予香港合夥人無情打擊。他們派出律師、會計師、保安前來香港公司，全面接管大家共同建立的生意，各人必須立即離去，不准

停留，所用的手法同偷襲珍珠港如出一轍。雖然最終談判了結，但已狠狠切斷昔日建立的互信，從友變敵，不過一天，這樣的民族，可怕不可怕？

話說回來，讀者可能想知道為什麼日本人對香港合夥人出狠招？不想多說，簡單來說是一個「錢」字。因為生意太好，分錢給香港合夥人分到肉痛。每年分給作者太多花紅，分給他的老大更多幾倍，加上作者行事「大少」作風，老大又縱容他，一個星期回公司巡視一兩次就走人，去搞自己的生意。有人打小報告去日本，大社長都忍他，但那班高層馬仔就忍不住。當大社長榮休時，新高層聯同內鬼，出個毒招來把他倆修理一番；他們居安不思危，自視過高，有此下場，是活該！

究竟結局是如何？作者也不是省油的燈，最終來個兩敗俱傷，日本人全面撤出香港，生意拱手他人。真是應驗了：「鷸蚌相爭，漁翁得利！」

廣東話與普通話修辭註釋

任何文字都是經歷多年文化演變而成，沒有固定形態，亦因時、因事、更因不同族群存有差異。

作者是南方人，在文章內兼用一些廣東話口語，更顯親切感。這樣的用詞或許對一些非廣東人士造成不便，因不了解其口語文法，所以他嘗試用普通話加以註釋。這篇廣東話與普通話共用的文章，希望能夠跳出地域不同文字的框框，令讀者更能體會文章箇中意境，亦是文化交流的一種方法，深入了解中國語言文化的博大精深。

註釋表

編號	廣東話	普通話
1	大細超	厚此薄彼
2	咁	這
3	梗係啦	沒錯
4	威番	威風
5	真定假	真的嗎？
6	粗口	髒話
7	唔知好嬲定好笑	哭笑不得
8	估	猜
9	詐傻扮懵	裝糊塗
10	施施然	慢吞吞
11	這班爛鬼	這幫流氓
12	有無咁簡單？	有沒有那麼簡單？
13	明未？	懂嗎？
14	大蝦細	仗勢凌人
15	做馬仔	當手下
16	贈慶	湊熱鬧
17	底子不好	有壞的前科
18	唔係嘛？	不會吧？
19	千祈唔好	千萬不要
20	勞氣	動氣
21	好食好住	吃得好、睡得香

編號	廣東話	普通話
22	係廢的	不中用
23	你個契仔	你的乾兒子
24	搵隻	找個
25	唔湯唔水	不倫不類
26	俾人食住個勢	給人佔盡便宜
27	老嘢	老東西
28	妹妹仔	小妹妹
29	佢嗰句	她那句
30	低低地	傻乎乎
31	咁嘅樣	那個樣
32	嗰個	那個
33	點做	怎做
34	差幾條街	有很大差距
35	大肥佬	胖子
36	真是無佢修	沒他辦法
37	幾煩	挺不方便
38	左擰右擰	坐立不定
39	新發彩	大款
40	孖生	關聯
41	扮嘢	裝蒜
42	嘴藐藐	不服氣
43	估	以為

編號	廣東話	普通話
44	窒住佢隻馬仔	欺負他的手下
45	反反地臉	面露不悅
46	單單打打	冷嘲熱諷
47	唔係	不是
48	捼捼個膊頭	揉揉肩膀
49	出條好橋	給個好計謀
50	使乜	哪用得着
51	咁低莊	那麼差勁
52	假假地	怎麼來說
53	坐定笠六	胸有成竹
54	問佢好唔好咁做	問他可不可以
55	激到吹鬚睩眼	氣得吹鬍子瞪眼
56	過返兩招	教導
57	焫吓焫吓	傻的
58	飛身撲埋去	飛奔過去
59	唔錯	不錯
60	無幾耐	不多久
61	瞓着覺	睡着了
62	死未	沒他辦法
63	唔覺意	不小心
64	細作	奸細
65	駁嘴	頂嘴

編號	廣東話	普通話
66	開估	揭曉
67	條女	的女友
68	鬼畫符	亂打一通
69	老翻 A 貨	贗品
70	點樣	怎麼樣
71	這個乜	什麼
72	個款	的樣子
73	咁拗口	饒舌
74	咁嘅款	這個模樣
75	窒咗一輪	嘲弄了一番
76	乜話	什麼話
77	畀啲面我	給我面子
78	條嘅	手下
79	仲開定個大夾萬	還打開個保險櫃
80	起佢尾注	席捲一空
81	唔使幾耐	不用多久
82	呼呼聲	不亦樂乎
83	你話叻唔叻	你說棒不棒
84	攪亂檔	攪破壞
85	箍煲	抱大腿
86	食自己	自力更生
87	迫佢哋埋角	迫他們走投無路

編號	廣東話	普通話
88	眼甘甘俾我哋食埋	眼光光沒能力反抗
89	睇住嚟啦	走着瞧
90	唔明	不明白
91	玩到癲	玩瘋了
92	唔好玩咁耐	不要玩那麼久
93	甩身	脫身
94	唔使	不用
95	面左左	誰也不理誰
96	冇穿冇爛	沒什麼不妥
97	陳年舊橋	老方法
98	橋唔怕舊，最緊要受	點子不怕老，最重要是受
99	買乜都中	買啥都賺
100	出口術	造謠行騙
101	驚到鼻哥窿都無肉	嚇得目瞪口呆
102	睬你都傻	置之不理
103	嗰位	那個
104	走佬收場	丟下不理
105	講住咁多先	先說到這兒
106	發噏風	聊
107	攪埋	摻和
108	大掃平貨	搶平貨
109	好嘢	挺棒

編號	廣東話	普通話
110	做中國人世界	陷害中國人
111	估佢哋	猜他們
112	閒閒地	最低限度
113	七個一皮	焦頭爛額
114	擘大個口得個窿	啞口無言
115	估唔到	想不到
116	仲俾佢當細路咁玩	還被他當呆子來欺負
117	撈番哋面子	挽回面子
118	邊個	哪個
119	乜	怎麼
120	手揗腳震	手腳發抖
121	剩番	留下
122	揸住	拿起
123	搵食	打劫
124	無嘢畀	沒東西可給
125	搵食	打劫
126	啲火燒到埋身時	死到臨頭時
127	買餐飽	去狂買
128	打贏個仔 先講去打佢阿爸	打敗兒子 才去跟他爸爸打
129	點收科	如何善後
130	爛頭卒	急先鋒

編號	廣東話	普通話
131	益咗	有利
132	冇碇企	無處容身
133	鹹苦	艱辛
134	食大茶飯	幹大買賣
135	衰人	壞人
136	間中	偶爾
137	口震震	結結巴巴
138	做乜咁大仇口	為啥那麼大的仇恨
139	死剩種	孤兒
140	估	以為
141	着緊	認真
142	都係咁多	都是差不多
143	咁失德無陰功	埋沒天良
144	執仔	接生
145	無嚟神氣	垂頭喪氣
146	鬼影都無隻	看不見人影
147	慌失失	急急忙忙
148	真係有咁耐風流，就有咁耐折墮	享多少福，就遭多少罪
149	喊得一句句	哭得挺淒酸
150	老差骨	老幹探
151	無嚟神氣	沒精打采

編號	廣東話	普通話
152	幫襯	光顧
153	打荷包	偷錢包
154	個樣硬生生	看起來硬梆梆
155	應承	答應
156	眼定定	含情脈脈
157	唔係呀嘛？	攪什麼鬼？
158	定啲嚟	不要躁
159	間中	偶爾
160	錫了他一大啖	給他一個熱吻
161	唔覺意	不小心
162	過骨	扛過去
163	一嚿嚿	斷斷續續
164	無嘢神氣	垂頭喪氣
165	成日	整天
166	行下	串門
167	唔覺意	剛好
168	好彩	幸好
169	得個靚字	只有美貌
170	唔知佢想點	不知他想怎麼樣
171	唔通	難道
172	如此順攤	容易屈服
173	唔多唔少	或多或少

編號	廣東話	普通話
174	後波、後波	後檔、後檔
175	勢色不對	形勢不妙
176	唔通	難道
177	無嘜神氣	無精打采
178	埋位	就位
179	一路一路	漸漸地
180	玩晒啦	壟斷

目錄

一、地下來客

　　二零一六年秋天一個晚上，在靖國神社外聚集了大量群眾，他們舉行示威，抗議靖國神社不讓他們進去，這些人很有組織性，分成不同的群組，由一位德高望重的人帶領示威隊伍，他就是昭和天皇的親弟，三笠宮崇仁親王。二戰侵華時，他化名「若杉」，以陸軍大尉軍銜奉派到南京的支那派遣軍總司令部任參謀。

　　示威隊伍總指揮是津野田知重，這個津野甚有來頭，戰時任陸軍少佐，是當時極少的反戰日本軍官，又是刺殺東條英機計劃的主腦之一，後來事敗，受軍法制裁。津野帶領群眾叫喊抗議的口號，他們大喊：「我們為什麼不能進入靖國神社？」

　　在每一個示威群組前面，都有兩位持旗手，他們高舉橫額，說明他們的組別名堂。排在最前排的示威隊伍是全女性的慰安婦組，順排而立的計有長崎組、廣島組、東京大轟炸組、名古屋組、大阪組、神戶組、拉夫組等，他們人多勢眾。

　　在神社附近，有兩個中國人，別名為「大超」和「小超」，他們在樹旁觀看這個奇景。小超問：「今晚這班

日本鬼子跑來示威，說什麼不讓他們進入神社，究竟這是怎麼一回事？」

大超答：「你來了日本那麼多年，還聽不明他們說啥話嗎？」

小超慌忙解釋，說：「聽得明，好像說神社領導人『大細超』[1]。」小超再問：「為什麼他們有慰安婦組？慰安婦不是日本人幹的活，她們多數是中國人、韓國人、菲律賓人、台灣人、甚至緬甸人都有，給日本軍隊強拉去當軍妓，這些人當然不能進入神社啦。」

大超答道：「話你才疏學淺，真的沒有錯。日本投降後，美軍佔領日本，日本政府亦組織七萬多人當慰安婦為美國駐軍服務，她們為國犧牲，當然可以申請進入靖國神社啦。」

小超如夢初醒說：「咁[2]，這些是死人嗎？」

大超答：「梗係啦[3]，正牌日本鬼子，如假包換！」

小超聽到大超這樣說，表情沮喪，神色黯然，自言自語說：「他們就好啦，有機會去神社安身，我就不知什麼時候可以返回中國。」

人超聽到小超的說話，表示有同感，說：「唉！我們給日本鬼子強擄來東京，在八幡製鐵所幹活，美軍轟炸工廠，我們把命都搭上，客死異鄉，不知何日可以還

普通話註釋：[1] 厚此薄彼　[2] 這　[3] 沒錯

鄉安葬。」

小超答道：「今次讓我威番[4]一次，我知道怎麼樣可以回家。」

大超問：「真定假[5]？快快給我說個明白。」

小超故弄玄虛，答：「有個日本通靈相士向我說，如果我要回家，就要附托在自己的物件上，不論大小，什麼物件都可以，例如衣服、布鞋，牙刷都可以，託人帶回國就可以回家。」

大超聽完小超的答話，長嘆不語。小超見他不安，輕輕推他一下，問：「怎麼着？」

大超沒好氣答：「我們的物件都在工廠裡，給炸掉了，哪來物件可用？」

正當大小超擔心如何歸國、落葉歸根的問題時，神社的大門突然打開，從裡面散出陣陣陰風，沙塵滾滾，地上的秋葉亦被陰風捲到半空高，跟着聽到戰鼓齊鳴，號角震天，示威群眾亦被這個景象嚇至目瞪口呆，不知所措。

幸好總指揮津野田知重見慣大場面，皇叔崇仁親王表現貴族氣勢，處變不驚，只見津野揮動令旗，向着社門一指，大喝一聲：「什麼牛鬼蛇神，不要藏頭露尾，

快快出來，參見三笠宮崇仁親王殿下。」

　　這樣一喝，陰風沒了，塵土定下，但是鼓聲號角還是爭吵不休。就在這一刻間，有一大隊步兵，穿着日本侵華關東軍軍服，背上長槍，插上刺刀，浩浩蕩蕩從社門步操出來。

　　只聽到步操指揮官大喝一聲：「左右轉！」士兵們立即聽令，分別梅花間竹，一個左轉，一個右轉，整齊排列踏步。

　　指揮官再喝一聲：「停！」軍令一出，所有士兵立即停止前進，拍動軍靴，雙手持槍擺在胸前，齊聲一呼：「領命！」然後停下來，聲勢令人不寒而慄。

　　就在這緊張的一刻，社門中央跑出一匹白馬，掛上錦袍，坐騎上是一位穿着整齊大將軍服，腰掛裕仁天皇御賜寶石軍刀，好不威風。

　　津野定晴一看來者是何人，不看尤自可，一看恩怨情仇，湧現心頭，心中暗道：「原來是他，東條英機。」他想：「這個禍國殃民的奸臣，今天還是保持這個軍國主義威勢，怪不得日本雖然戰敗，還是瀰漫着軍國侵略主義意識，原來是這個妖孽作怪造成。」

　　津野看見東條英機，管他曾是什麼大官，直呼其名：「久違了，東條英機。」

普通話註釋：[4] 威風　[5] 真的嗎？

東條英機看見津野如此無禮，如果在七、八十年前，一定給他重摑一大巴掌，順便向他問候幾句粗口[6]，今時不同往日，又礙於崇仁親王親臨壓陣，唯有心有不甘的給他打個哈哈：「久違了，津野君。」

他下了馬，像隻哈巴狗走到崇仁親王跟前，行禮請安，問：「不知親王殿下大駕光臨，恕罪、恕罪。」

親王看見他這個熊樣，唔知好嬲定好笑[7]，答：「什麼大駕光臨，我來神社找你就是要你幹些好事。」

東條這大奸狗，看見他們這個陣勢，無十足都估[8]中八九成，但是這個奸狗還是要故弄玄虛，詐傻扮懵[9]，向親王說：「親王殿下，不知你要微臣幹什麼好事？」

親王指指津野，向東條說：「你我之間，不屬君臣關係，不用行封建禮儀。」他續說：「有關我們這次登門造訪，你跟津野君談就可以，他代表一班弱勢社群來討個公道。」

東條答：「雖然我們不屬今天日本國建制，但我亦是裕仁天皇陛下的舊臣，而我又有天皇密詔在身，所以不能忘掉前朝禮節，務請親王殿下包涵。」他看看津野，然後繼續說話，道：「請親王殿下放心，我會與津野君商談，有什麼事要微臣辦，在能力所及內，必令親王殿下滿意。」

他說罷施施然^[10]走向津野，打個招呼，然後說：「津野君，不知有啥事可以效勞？」

津野看他見惺惺作態的假面孔，本不想跟他對話，津野看看親王，見他點頭，唯有硬着頭皮，開口說：「東條君，我是一介軍人老粗，不像你是軍機大臣，見識廣闊，滿肚玄機，我開門見山直說，靖國神社本是供奉為國犧牲的國民，所以我請你大開方便之門，給……」他指指後面一大群怨魂野鬼，接着說：「給……給他們一個安身之所，亦好好作個紀錄，給我國人民一個交代，他們是如何喪命，以免重蹈覆轍，幸甚、幸甚！」

東條聽見他這樣說，心中暗想：「你這個山野村夫，做了幾十年鬼，做事還是粗枝大葉，好，等老夫陪你玩玩，以消我心頭之恨。」他昂首向天，哈哈大笑。

津野見他大笑，但又不答話，問：「你笑什麼？」

東條還是哈哈大笑，眼睛盯着津野，過了片刻，他微微揮手，指向津野身後那班鬼魂說：「你看，他們配在神社安身嗎？」他續說：「神社地位崇高，是多麼尊貴的場所，如果讓這班爛鬼^[11]進去，攪到烏煙瘴氣，成何體統，與亂葬崗有何分別？」

津野見到東條態度囂張，說話刻薄冷血，忍不住心頭之火，真想撲過去揍他一頓洩憤，幸好崇仁叫他一聲：

普通話註釋：[6] 髒話　　[7] 哭笑不得　　[8] 猜　　[9] 裝糊塗
　　　　　　[10] 慢吞吞　　[11] 這幫流氓

「津野君，不得無禮，慢慢來。」

津野亦了解到對着這隻老狐狸，要鬥智，不能操之過急，他裝着笑問：「請問閣下有何高見？」

東條看見津野這個洋相，暗暗自喜，說：「好啦，這班人算是對國家有些小貢獻，我去向裕仁天皇陛下稟告，給他們建個安置區，每年由民間自發性給予春秋二祭，可以說是解決了這個歷史問題，然後他們安心去投胎做人，你認為怎麼樣？」

津野聽到東條說給這些可憐鬼魂建個安置區來安撫他們，真的再按不住火了，說：「這是什麼安置區，是集中營就真，用來讓你們再次屠殺，把他們的靈魂徹底消滅，你們就可以為所欲為，繼續幹那些埋沒天良的勾當。」

東條看見津野沉不住氣，慢慢墮入他的圈套，沾沾自喜，慢條斯理說：「你不要沒聽完就生氣，這個安置區將命名為『惠安神社』，他們的英靈受到『惠安』，就不眷戀塵世，乖乖跑去投胎轉世，不是好事嗎？」

津野答：「什麼『惠安』？你想影射，想說『慰安』就真，你用這些下流手段打擊人性尊嚴，你就可以任意妄為。」

津野義憤填膺說：「你為什麼還眷戀塵世，不快快去投胎？」

津野是武將一名，說話毫不修飾，是一個疾惡如仇的人，所以在二戰期間，發生暗殺事件，不幸事敗，否則歷史會重寫。他看見東條面紅耳赤，便繼續諷刺東條：「我知道你不敢去投胎！」

　　東條反唇相譏，說：「為什麼不敢？」

　　津野答：「你作了那麼多孽，你怕投胎做豬！」

　　東條給他搶白一番，有神沒氣地說：「大日本帝國創造的千秋大業，大東亞共榮圈，就是給你們這班無知之徒壞了大事。如果個個忠心於天皇陛下，都聽令依計而行，今天大日本帝國就成為地球主宰，再不用打仗，成為一體化的社會，人人安居樂業，天下太平，你說多好呢？」

　　津野見他強詞奪理，亦不甘示弱，說：「日本軍國主義侵略他人國家，生靈塗炭，你憑什麼說人人會安居樂業？」

　　東條不慌不忙答：「只要有些人認命做奴隸就可以？」

　　津野說：「真是天方夜譚，誰會甘心做奴隸？」

　　東條答：「支那人！」

　　「誰是支那人？你說中國人？」

　　「中啥中國人？支那人！」

　　「為什麼你說中國人會甘心做奴隸？」

「說你老粗一個，真的沒有錯，不單支那人認命做奴隸，其他民族都會認命。」

津野不服氣說：「哪有人願意做奴隸？」

東條答：「你我都是奴隸，但是我們是最高級奴隸。」

「你說的是什麼話？」

「什麼話？太遠的不說，在二戰期間，我們不是時常掛在嘴邊，為天皇而戰，失敗要切腹，這不是奴隸本性嗎？在公元前，猶太人做了埃及人四百多年奴隸，如果沒有摩西，他們可能還是奴隸；印度人更不用說，他們有賤民等級，姓氏已代表了奴隸地位，今天整天說的所謂民主制度能改變嗎？」

津野被東條這一番話，弄到迷失方向，問：「日本侵略中國可以令他們變為日本人的奴隸嗎？」

「絕對可以，而且是很簡單的事，因為他們認同這個概念！」

津野不服氣說：「沒有可能。」

「在二戰前或後，我們稱呼中國人為『支那人』，就是要打擊他們的自尊心，只要他們相信自己是支那人，我們就成功啦。」

「一個名稱就可以？有無咁簡單[12]？」

「『支』是任人支配，『那』是如取如攜。一個民

族落到任人支配，如取如攜，是最低級的奴隸，如果有四、五億人做最低級的奴隸，大日本就是他們的主人，亦是全球一體化的主人。」

津野說：「中國人不會甘心認命做奴隸。」

「認命，四、五千年前已認命了。」

「你怎會有這個想法？」

「夏蟲不可以語冰！」東條續說：「好啦，見你是日本人，給你長長知識。孔子《中庸》說：『君子素其位而行，不願乎其外。素富貴，行乎富貴；素貧賤，行乎貧賤；素夷狄，行乎夷狄；素患難，行乎患難；君子無入而不自得焉。』終有一天，他們知道，『素支那，行乎支那』，到了那一天，他們就會死心塌地做奴隸，明未 [13]？」

這個世界，永遠存在一些令人神往的憧憬，好像八十年前的「大東亞共榮圈」和今天的「全球一體化」。這些口號的特點是在其背後，必定產生一個強勢領袖，他會來主導一切，目標很明顯，從政治、制度、經濟、金融、貨幣、文化、各式各樣的程序，以至宗教都給予主導。這些口號令人分不清楚什麼是需要標準化、制度化，例如由聯合國主導的國際民航組織，世界衛生組織

普通話註釋：[12] 有沒有那麼簡單？　[13] 懂嗎？

等，都要系統化、標準化，才能有效管理，但並不等於全球一體法，他們套用了標準化概念，加上糖衣，令人產生夢幻美景，仍懵然不知，在一體化下產生的機關就主導人類生活的規則標準，超越這規範，就是越軌，受到懲罰、指責、邊緣化。凡是符合這個制度的，不管好或壞，都是主流，眾望所歸，不願意隨波逐流就是「歪理」，受到打壓。幸好這個世界還是有理性，公理。英國脫歐就是彰顯反一體化最好的行動例證。

在二十一世紀，美國大力推行全球一體化，亞洲再平衡戰略。他們的手段就是找一個對手，給他一個莫須有罪名，跟着而來的就是千夫所指，群起筆伐口誅的對象。這個對手，必定是逐漸強大起來的國家。中國和俄羅斯很自然被他們標籤為霸權、侵略者、大蝦細[14]的國家。再拉攏一群心懷不軌的國家做馬仔[15]，敲鑼打鼓，一唱一和，再找一些騎牆派、想渾水摸魚的國家來贈慶[16]，這樣的班子，必定有他們所謂正義的旗號，「南海自由航行」就是個所謂出師有名的口號。

一個主權國家，怎可能承認莫須有罪名，就算承認都沒用，伊拉克就是一個好例子，薩達姆願意接受調查有沒有大殺傷武器，因為他底子不好[17]，原因是他有侵略科威特前科，不管他如何忍讓，最終還是遭受英美聯

軍入侵，國家散了，更賠上了性命，令整個中東失控，產生今天的亂局。美國為了要加深這個亂局，給敘利亞政府領導人一個莫須有罪名，培植反對派，增加動亂的力度。

話說回來，東條英機給津野田知重狠狠地教訓一頓後，說：「你立即解散這班怨魂野鬼隊伍，不要再來靖國神社抗議示威，否則不要怪我不念同袍之情，給你們來個大掃蕩。」

津田答道：「公道自在人心，你不能恃着擁有六十萬關東軍陰魂鬼兵，就胡作非為，恃強凌弱，最終在陰間再大敗一次，那又何苦呢？」

東條感覺奇怪，津田怎會知道他重兵在握，急忙問：「你怎麼知道這個軍事機密？」

津田答：「是崇仁親王告知我。」

東條再問：「誰告知親王殿下呢？」

崇仁聽到他們的對話，就慢慢走過來向東條說：「是裕仁告訴我的，他要我不干涉政事，痛心大日本帝國敗在他手中，覺得無面目見歷代祖宗天皇，所以他必須重振昔日雄風，才對得起天皇列祖列宗，國家社稷。大事我管不了，但是非黑白不能不分得一清二楚，所以才組織今天的示威行動。」

普通話註釋：[14] 仗勢凌人　[15] 當手下　[16] 湊熱鬧
　　　　　　[17] 有壞的前科

東條這個奸鬼，為鬼陰險，深明避重就輕，耍出緩兵之計，來個順水推舟，答：「好的，我們暫停對立，雙方成立談判隊伍，定期會面，各自提出議案，希望有朝一日達成協議。」

津野問：「什麼時候再會面？」

東條答：「逢陰曆初一就在靖國神社外見面，每邊十三個代表，不能多亦不能少。」

津野好奇地問：「為什麼一定要十三個？」東條笑而不語。

津田看看崇仁，崇仁點頭同意，他亦點頭同意。

正在此時，遠處傳來「喔喔喔喔……」，這是公雞的啼聲，大家都知道太陽快要出來了，各自眼屬屬，看了對方一眼，就匆匆散去，一大陣陰風過後，靖國神社外圍又恢復平靜了。

大小超看見他們散去，暗自心驚。小超問大超：「這個世界，不單是人在鬥，鬼亦在鬥。」

大超答：「最近有個美國鬼向我說：『全球一體化，已擴展至幽冥世界一體化』，他續說：『鬼世界的科技發展，較之人類世界更先進。幸好鬼世界領導達成一個共識，有一種科技是不能發展』，否則人類就有難了。」

小超問：「什麼科技？那麼厲害？」

大超故作神秘揮手召小超過來，把耳朵貼在他的唇邊，跟着輕聲說：「借屍還魂。」

　　小超聽到這句話，表現非常驚慌，口震震說：「借屍還魂，唔係嘛[18]？」

　　大超慌忙揞着小超的嘴巴，再細細聲說：「日本鬼子的七一三部隊正在悄悄地研究這個科技，如果成功，東條英機就可以返回陽間，到時人和鬼都有難啦！」

　　小超兩掌合十，閉上眼睛，自言自語：「阿彌陀佛，千祈唔好[19]，阿彌陀佛！」

普通話註釋：[18] 不會吧？　　[19] 千萬不要

二、萬聖節的陰靈

今天是二零一六年的萬聖節，西方的鬼節，大清早，天朗氣清。靖國神社外遊人不多，有一個年輕小伙子，身穿黑色運動裝，白色運動鞋，揹着一個黑色背包，中間縫上一條紅色橫條，寫上「禾田月光子骨灰包」。

這位年輕人，在神社外徘徊，好像在等人，路人行過都給予驚奇眼光，有些婦女更急步繞他而過。

沒多久，大約九時零五分，有位年輕少女，急步走過來，她見到這位小伙子，急急向他鞠躬道歉，說：「對不起，衛安俊兒君，今天搭車人多，等了多班車，才上到車，所以遲到。」

衛安亦慌忙向她鞠躬，答道：「沒問題，我亦是剛剛來到，山明小美子君，請你不要介意。」

兩人寒暄一番後，轉入正題。山明小美子首先說話，道：「衛安君，報社編輯派我來給你做個訪問，拍攝你進入靖國神社的情況。」

衛安答：「好。」

山明再問：「這是你第二次來靖國神社要求把你祖母的骨灰撒落在神社的花園內，對嗎？亦請你告知，你上次是什麼時候來？」

衛安答：「對。我上一次來是去年的萬聖節。」

山明再問：「你為什麼專揀萬聖節來靖國神社提出請求？」

衛安答道：「我父親是在萬聖節去世，在死前彌留之間，他給我看祖母的遺書，令我異常悲憤，決定代父親完成祖母遺願，所以我每年萬聖節揹着祖母骨灰跑來提出要求，如果神社允許，我就立即舉行撒祖母骨灰儀式，讀出祖母用血寫成的祭文，以慰她的亡魂。」

山明問：「如果他們再拒絕你的請求，你會如何跟進？」

衛安答道：「我會繼續來神社發動請求，並且尋求公眾人士支持。」

山明問：「你有信心嗎？」

衛安用堅定的眼神望着山明，說：「有，絕對有，公道在這。」

山明答：「好，我們現在就去敲神社的門。」她續說：「你站在神社門外，我好好給你拍個照。」

「對，就在這裡，不要動，來個笑容。」衛安俊兒在山明小美子的鏡頭下準備前去敲打靖國神社大門。

「好，拍完啦，我們進去。」

在大約一百米神社的外圍，站立着一位年輕人，他身穿整齊西服，長相英俊，說話彬彬有禮，但有些娘娘

腔，由兩位警衛陪同，他的任務是阻止衛安俊兒進入靖國神社。

他看見衛安前來，表現緊張；當他看見山明時，展露一些不安情緒，可能他不明為何這位女士一路替衛安拍照。

當衛安走到面前時，他禮貌地伸手示意衛安不要前進，跟着自我介紹，說他的名字是川島力夫，負責神社對外事務；知道今天衛安前來神社的目的。

川島指指山明說：「這位女士是……？」

山明慌忙自我介紹，說：「我是網絡《影報》記者，專門來訪問衛安俊兒。」

川島說：「衛安君，神社收到你的電郵，知道你今天要來神社撒你祖母的骨灰，我們亦略略了解她的情況和背景。很抱歉，神社沒有這類服務，亦不能開先例，請你原諒。」

衛安聽到川島這樣說，眼神展露失望之情，答道：「去年我首次來提出在神社給祖母撒骨灰的要求，我已給你們一年時間去思考這個問題，今天我感覺非常失望，你們的回覆是那麼冷酷。」

川島答：「神社不是墓園、骨灰龕，撒骨灰是殯葬儀式，請你另找適當地點。」

衛安答：「靖國神社是不是供奉為國犧牲的國民

嗎？祖母熱愛國家，她為國家奉獻她的所有，這樣的人，不是可以進入神社受人供奉嗎？」

川島面有難色，說：「我的職責是對外事務，究竟誰有資格進來接受供奉，不是由我決定，請你原諒。」

衛安表示不滿意這個答覆，說：「我感覺非常失望，這個神社做事沒有原則。」

川島用懷疑眼光看着衛安，問：「為什麼你有這個看法？」

衛安答：「為什麼二戰戰犯可以在神社接受供奉？我祖母是良民，戰爭受害人，她的父母兄弟在東京大轟炸時喪命，成為孤兒，最令人氣憤是她被迫為國家當慰安婦，侍候美軍敵人；工作令她喪失人格、尊嚴，像奴隸般生活，還遭受親友唾棄，身心受損，最終還搭上性命，給敵人虐殺而死。當時的政府軟弱無能，噤若寒蟬，不敢採取任何法律行動把殺人罪犯繩之於法，為她取回公道，把她草草殮葬了事。我作為她的後人，不會以她的過去遭遇為恥，反而感到光榮，她犧牲小我、維護大我的精神，值得國人尊敬，值得國家表揚，可惜日本政府只顧顏面，對這個問題避而不談；反看日本的敵對國家，她們敢於挺身而出為慰安婦討回公道。我今天必定要為祖母討個公道，否則不會離去。」

川島看見衛安這樣堅定的表態，不知如何是好。

在神社不遠處的空地，來了一大班學生，說是前來支援衛安的請求。他們高舉旗幟支持在二戰時期為國犧牲的平民百姓，進入靖國神社接受供奉，並把死者的姓名和資料記錄在《靈璽簿》內；堅決反對陣亡的軍人進入神社，因為他們是不義之師，是引致東京大轟炸、原子彈襲擊的元兇，最終令日本無條件向盟軍投降、接受盟軍統治，讓日本人民抬不起頭做人的罪魁禍首。

川島看見人群愈聚愈多，慌忙走回神社內，閉門不出。

沒多久，一大隊警察來到神社附近佈防。警察首先把媒體和示威群眾隔開，用鐵馬做成不同區域，然後驅趕他們進入這些區域，以便控制。

當場面受到控制後，他們派出談判專家跟衛安談話。這位談判專家是女警官，姓西城名秀麗子，長相甜美，說話有親切感，未開腔已令人陶醉，眼神更散發令人迷惑的氣息，她穿着整齊警察制服，沒有佩槍，緩慢步行過來，靜靜坐在衛安前面，沒有打擾他。

只見衛安盤膝坐在地上，雙手合十閉目，骨灰包揹在背上。而山明剛好離開去訪問示威群眾。

過了一會，西城開口說話，道：「衛安君，我是警官西城秀麗子，想跟你談談今天的事情，可以嗎？」

衛安微微打開眼睛，看到面前有位美麗警官，她的

美態和溫柔的話語令衛安不能拒絕她的要求，問：「西城警官，你有什麼話和我談？今天如果神社不給我切實的答覆，我不會離開。你看，我的網友也來支持我的行動。」

西城稍微笑笑，她這一笑，臉上現出美麗的酒窩，令人神魂顛倒。她說：「衛安君，我在警隊裡的工作是研究分析年青人在網上熱烈討論的話題。最近我發現你上傳有關你祖母的遭遇到臉書，令人感動萬分，有很多迴響。坦白說，我對當時的政府，特別是警視廳的處事態度，非常反感。私人來說，我是支持你完成你祖母的遺願，但你有否想過，你可以做多一些，令你祖母在天之靈，更感安慰？」西城這一番話令衛安心弦為之一振。

這時山明又剛好回來，她聽到西城說的話，她們倆互相介紹之後，山明亦盤膝而坐，三人坐在一起說話，像朋友般親切。

衛安問：「我還能幹什麼？」

山明點頭表示認同衛安的問題，問：「除此之外，他還能幹什麼呢？」

西城再微微一笑，說：「衛安君，你有沒有想過代你祖母翻案？」

衛安聽到西城這句話，眼睛發亮，但是臉部展露懷疑的目光，結結巴巴問：「翻……案？可能嗎？六、七十年前發生的事，如何翻案？」不知衛安是興奮還是

認為沒可能發生的事，所以提出一連串的問題。

西城淡定地回答：「當我看過你祖母的故事，就翻查這個案件的檔案，基本上已掌握了一些來龍去脈和線索。現在要幹的事是去追蹤它的最新情況。」

山明插嘴說：「你指的最新情況是指什麼事呢？」

西城看看衛安，不再笑，認真地說：「今天我們談的事，不能公開，大家要嚴守秘密，特別是山明君不能把我們的對話登上網報，否則就壞了大事。」衛安和山明不約而同點頭表示同意。

西城向衛安說：「我已找到幾個疑兇，有可能知道誰殺死你祖母。」

衛安激動地說：「找到兇手？」

西城說：「小聲點，這裡不是談論案情的適當地點，我給你名片，你有空來找我，我給你看看有關文件。」

衛安覺得難以置信，問：「你……你是不是用這番話來騙我離開？」

西城聽到衛安的話，沒有表現不高興，反而輕聲問：「衛安君，雖然我們是剛剛認識，你會認為我是不擇手段，但求達到目的的人嗎？」

衛安給被這樣一問，滿臉通紅，慌忙站起來向她鞠躬道歉，西城亦站立起來，向衛安和山明鞠躬，大家齊齊鞠躬，整個氣氛變得融洽得多。

西城說：「衛安君，煩請你過去向支持你示威的群眾說幾句話，我不陪同你過去，你們散去後，警察亦會收隊離開。你下個星期二早上九時，前來東京都千代區警視廳警備部找我，名片上有詳細地址。」

　　山明向西城說：「我也要去。」

　　西城指指衛安說：「如果他同意，你可以一起來。」衛安點頭表示同意。山明聽到後向西城和衛安鞠躬致謝。

　　然後衛安走向群眾，先來一個深深鞠躬，大家屏息靜氣等待衛安開聲說話，衛安再鞠一躬，說：「今天看見這麼多人自發性前來支持我的行動，非常感動，我已向神社了解情況和需要時間處理一些問題，今天我暫時停止進行抗爭，如有新發展，我會上傳臉書給你們知道。」

　　示威群眾聽罷後，大聲呼叫數次：「衛安俊兒，我們支持你……」然後平靜地散去。

　　他們離開後，山明提議去附近餐廳午飯，衛安表示同意，於是一同離開。

三、猛鬼大本營

　　東條英機返回靖國神社旁的地下世界大本營，對着
幕僚大發雷霆。他說：「崇仁親王欺人太甚，帶着一名
低級軍官——津野田知重，煽動一班垃圾幽靈跑來神社，
申訴要求接受供奉，要和我平起平坐，真不知所謂！我
今天的地位是用血、用生命換回來的。到了陰間，我又
要來一次生死決鬥？幸好我掌握六十萬關東軍士兵英靈，
把那個所謂陰間冥王打到冥王星外，才有個地盤拿來用。
否則，若任由冥王處置，我今天就被充軍往畜道投胎；
依據祂的裁決，我要世世代代淪為畜生，永不超生。」

　　他續說：「崇仁，那個老奸巨，明看說是給那些怨
鬼一個機會討回公道，暗裡就是來挖我瘡疤。」

　　海軍大元帥山本五十六聽完東條勞氣 [20] 說話後，
說：「東條君，那班怨鬼，無權無勢，搞不出什麼花樣，
拖一拖，不用出手，就會自動散了。但是，話說回來，
雖然有神社庇佑能夠好食好住 [21]，畢竟是個小地盤，沒
有多大作為。」

　　東條是何等人物，稍經山本略略提點，就立即恢復

本性，進入狀態來審視他所謂的千秋大業。他為鬼奸險，用一招打蛇隨棍上，反問山本，說：「山本君，你有什麼高見？」

山本沒想到東條來此一招，心想：「這樣問我，當我係廢的[22]？等我稍微展展身手，你就知道我不是省油的燈。」

他淡定假咳了一聲，說：「陽間星旗國哇鬼的科技已把飛船放到火星去，我們的宿敵五星紅旗搞個什麼珠海航展，展示飛機大炮，賣個滿堂紅，你個契仔[23]阿三搵隻[24]牝雞管軍務，唔湯唔水[25]，還要俾人食住個勢[26]，沒甚作為，唉！」

東條聽了山本的所謂分析，暗道：「這個老嘢[27]，除了在裕仁天皇陛下面前說我不是、放我冷箭，還時常借機來給我冷嘲熱諷一番。來而不往非君子，好，等我好好指點你，長長記性。」

東條喝口茶，含在喉嚨內，嘰哩咕嚕，上下滾動，然後「咕嘟」，狠狠把茶吐在地氈上，用腳踩兩下把它抹掉，說：「山本君，非也！阿三的智慧，在你我之上；他用的計謀，更非我們所能理解。」

東條賣個關子，等山本忍不住，來追着他問。

普通話註釋：[20] 動氣　[21] 吃得好、睡得香　[22] 不中用
　　　　　　[23] 你的乾兒子　[24] 找個　[25] 不倫不類
　　　　　　[26] 給人佔盡便宜　[27] 老東西

果然不出他所料，山本急急追問：「東條君，你為何有此高見？」

東條心想：「你這個所謂海軍大元帥，當年就是缺乏耐性，不好好守住個海島，急急派戰艦出擊，在中途島一役，被美國海軍殲滅大日本四艘航空母艦，一艘重巡洋艦，損失戰機三百多架，搞到國土中門大開，給美國佬來將日本炸個稀巴爛，硬吃兩粒原子彈，落得天皇宣佈無條件投降收場，把我送去戰犯法庭受審，最終把命搭上。」

東條見山本非常着急，心中暗笑，施施然說：「阿三用稻田朋美做防衛相就是一絕，這個妹妹仔 [28] 最擅長睜大眼睛說大話，佢啲句 [29] 名言，說：『從來沒有南京大屠殺』，就把那些支那人激到七孔出煙，再加上她說話目無表情，好像低低地 [30]、弱智咁嘅樣 [31]，令敵人不知她想啥，就是更高境界的招數，嘆為觀止！」

山本又忍不住發問：「究竟妹妹仔想啥？」

東條細細聲說：「阿三報夢告訴我，嗰個 [32] 妹妹仔，真的腦子空白一片，啥都沒！」

山本表現驚訝，問：「啥都沒？不可能吧？」

東條答：「真的啥都沒，絕嗎？」

山本丈八金剛，摸不着頭腦，結結巴巴問：「咁……點做 [33] 防衛相呀？」

　　東條笑着答：「話你同阿三的智商差幾條街 [34]，真的沒有錯。防衛相個位只是擺擺門面，搵隻傻嘅去做，最適合不過。哈哈哈哈！」

普通話註釋：[28] 小妹妹　　[29] 她那句　　[30] 傻乎乎　　[31] 那個樣
　　　　　　[32] 那個　　[33] 怎做　　[34] 有很大差距

四、陰陽大陰謀

正當東條打了山本一下悶棍，暗自高興不已時，突然傳來侍從官大叫一聲：「特務機關長、土肥原賢二陸軍上將駕到。」

跟着就聽到從走廊上傳來重重腳步聲，沒多久，一個穿着整齊西服的大肥佬[35]，從大廳正門走進來。他發出敏銳眼光，橫掃議事廳一眼，看見東條坐在議事廳中央，山本坐在左邊，其他幕僚官員坐在兩旁，侍從官慌忙引領土肥來參見東條。

土肥向東條和山本鞠躬敬禮。東條微微揮手，示意他坐在右邊，接着拍拍手，兩旁幕僚立即起立向東條鞠躬，然後識趣地跟着侍從官離開議事廳。

東條首先開腔說：「土肥君，我心中正在納悶，那麼久沒見你，不知你去啥處？幹啥？」

土肥稍微起立鞠身回答：「內閣總理大臣閣下……」

東條舉手阻止土肥繼續說下去，道：「土肥君，今天是非正式會議，不用稱呼我的官銜，隨便點、輕鬆點，大家好說話。」

土肥還是小心謹慎，看了山本一眼才說話：「東條

大人，我剛從七三一研究所過來，沒有回家，立即趕來，向你報告我們專家在量子力學工程上取得重大成果。」

東條聽到土肥這個報告，心中非常興奮，但面部肌肉只是輕微顫動，不形於色問：「土肥君，你說的是使用量子技術打通陰陽通訊渠道嗎？」

土肥答：「東條大人，正是。現在的量子陰陽通訊科技只能應用於摩斯密碼層面，假以時日，就可以發展到話音層面，以至視像畫面。」

東條假裝不悅，問：「土肥君，你指現在還是不能用量子摩斯密碼系統與陽間聯絡，對嗎？」

土肥面有難色，答：「對。」

東條板起面孔，問：「為啥？」

土肥答：「因為我們還沒有量子衛星在太空上收發陰陽訊號。」

山本插嘴說：「你知道的，我們的宿敵已經放了一粒量子衛星在太空，如果陰間支那鬼已掌握量子摩斯密碼通訊技術，他們陰陽之間就可以連接起來，到那時，我們就很被動。」他續說：「東條君，你趕快下達命令給阿三，吩咐他盡一切能力，施放一粒量子衛星往太空，和我們連接；不要整天忙着幫星旗國搞什麼一線、二線封鎖島鏈來監控中國海軍戰艦軍情。」

普通話註釋：[35] 胖子

東條心想：「這個老鬼真的懂見縫插針，真是無佢修[36]。」

東條無奈地說：「現在我是用古老方式與阿三溝通，他有個問米婆，我有個報夢師，我透過報夢師，通知阿三找個問米婆來問話，幾煩[37]！」

忽然間，東條好似鬼上身，左擰右擰[38]，跟着喃喃自語，大喝一聲：「陰陽小差，還不快快出來。」山本和土肥被東條的怪異動作嚇了一跳，不知所措。

就在這一刻間，東條身後射出一道藍光，這道藍光漸漸變為人形；它身高一米，身穿侍從服飾的小孩，反應快，動作敏捷，但不說話，它和東條是用手語溝通。

山本對這個怪物的感覺是既驚訝又好奇，他環繞它走了一圈，望着東條說：「這是什麼鬼東西？為什麼不說話？」

東條故弄玄虛說：「這是高科技產品。」

山本問：「高科技？」

東條答：「對呀。這是由三菱重工，岩崎家族靈界實驗室最新發明的產品。它是自二戰發明的零式戰機後最偉大發明。看來，岩崎小彌太很快就來到。」

話音剛落，侍從官已引領岩崎進入議事廳。他看見東條、山本和土肥，來個親切鞠躬，然後說：「今天很

高興見到老朋友濟濟一堂。」

東條答：「岩崎君，你不愧為三菱重工第四任社長，幹什麼事都幹得有聲有色。你可否介紹這個超時代產品給山本和土肥見識？」

岩崎鄭重其事說：「好，東條大人、山本君、土肥君，原則上，這個陰陽小差是機械人。」

山本和土肥異口同聲說：「機械人？」

岩崎答：「對。機械人，是靈界機械人，可以在陰間或陽間活動；它由四千四百四十四件零件組成，加上一個精密電腦中樞系統，由三菱重工靈界實驗室發明；傳送方式是用量子光能傳送到某個靈體內，再由它反射出來空間，自動再組合，成為你們現在看到的形態。它接受聲控和手語指令，可以預設任何程式指令處理或進行工作。它的設計概念來自《西遊記》的孫悟空，拔幾條毛就變出多個孫悟空來。」

土肥半懂不懂問：「它有什麼作用？拿來幹什麼？為什麼它不說話？」

岩崎說：「眾所周知，靈界物體上到陽間，自動失去活動能力，人類看不見，觸不到，更不能溝通說話；有了它，就可以溝通。當陰靈接收到它時，用密碼把它弄出來，再用聲控或手語啟動預設程式，然後發出指令，

普通話註釋：[36] 沒他辦法　[37] 挺不方便　[38] 坐立不定

它會依指令進行工作。」

岩崎看看東條說：「東條大人，請你給他們兩位做個示範，好嗎？」

「好，等我吩咐它倒杯茶給你們喝。」只見東條裝神弄鬼一番後，小差亦打出個手勢。

沒多久，它用托盤送上四杯清茶，然後逐杯送給東條、山本、土肥和岩崎四人桌前，再返回東條身邊站立，像位小僕人恭候主人指令。太神奇了！

岩崎充滿信心說：「今天你們看見的是實驗版，只有一米高和接受手語指令。將來發展的專業版達一點八米高，可塑造出任何形象，身軀肌肉有質感，可以說話，這樣的機械人與真人無異。」

土肥聽到岩崎這樣介紹「陰陽小差」機械人，表示有極大興趣，他告訴岩崎，他很想組織一隊靈界機械人部隊，放回陽間，協助日本重振國威，好好教訓美國佬和收拾中國這個「新發彩[39]」。

土肥問：「這個小差機械人好像很完美，真的沒有缺點嗎？」

岩崎答：「有，這個缺點可以令它毀滅！」

土肥問：「是什麼呢？」

岩崎答：「缺點在傳送方面；我們需要一粒量子衛星來傳送組件，再組合和給予能量，令它持續活動。」

土肥好奇問：「剛才我看見小差好像能夠來無蹤、去無影。」

岩崎答：「在陰間是可以做到這點的。但在陽間，我們就要靠量子衛星發射出來的量子能量，輸送組件、指令和源源不絕給它供應能量，否則它就會毀掉，而它的滅亡，又會引致它的靈魂載體消失。這是量子的特性，它們是孖生 [40] 載體，一個有事發生，另一個不論在宇宙任何一方，都會受到它的影響，這是優點亦是缺點，而這個缺點是不能逆轉，多恐怖！」

土肥扮嘢 [41]，說：「這個我明白。所以我想預訂一千幾百個小差機械人給我組成一隊敢死特工隊，殺去陽間，替我報仇雪恨。」

那邊廂，山本聽見土肥的說話，望都不望他一眼，嘴藐藐 [42] 說：「你估 [43] 買樂聲牌電飯煲咩，一買就一千幾百個！」

東條看見山本不留情面來窒住佢隻馬仔 [44]，問：「海軍大元帥，咁你有什麼高見呀？」

山本見到東條說話反反地臉 [45]、兼單單打打 [46] 的

普通話註釋：[39] 大款　　[40] 關聯　　[41] 裝蒜　　[42] 不服氣
　　　　　　[43] 以為　　[44] 欺負他的手下　　[45] 面露不悅
　　　　　　[46] 冷嘲熱諷

態度，知道有機會報「一箭之仇」了。他所謂的一箭之仇，就是東條話佢的智商不及佢契仔亞三，並不是什麼深仇大恨。

山本說：「肥仔，唔係 [47]，土肥君，你過來，同我捻捻個膊頭 [48]，等我的血氣行走暢通點，腦筋靈活一點，給你出條好橋 [49]，使乜 [50] 搞到三菱重工好似松下電器咁低莊 [51]，狂造電飯煲來賺錢。三菱，假假地 [52] 都是製造航空母艦、潛艇，飛機大炮的大集團。」他閉目養神，好似坐定笠六 [53] 土肥一定聽教聽話，過來同佢捻膊頭。

土肥望望東條，眼神問佢好唔好咁做 [54]。

東條本來被山本的話激到吹鬚睩眼 [55]，想拍枱大罵。只見他眼睛一轉，真的是薑越老越辣，稍微定神，立即改個和順面孔，大大聲對土肥說：「肥仔，仲唔同師父捻兩下，等他過返兩招 [56] 畀你，好過『焓吓焓吓 [57]』咁嘅樣！」

土肥是什麼人物，聽到東條的教訓，立即意會神傳，飛身撲埋去 [58] 同山本捻膊，一路捻、還一路問：「舒

唑舒服呀？」

山本真的好欣賞土肥的手藝，說：「唔錯 [59]、唔錯……」無幾耐 [60]，山本仲瞓着覺 [61]，打呼嚕打到雷咁響，死未 [62]！

山本這樣瞓着覺，搞得場面很尷尬。但是，東條沒有說話，土肥又不敢停下來，繼續去捻山本膊頭；反而岩崎無所事事，去同小差機械人玩。

他發出手語給小差工作，都能一一完成任務，不知是故意還是意外，小差唔覺意 [63] 碰了山本一下，令他猝然醒來。

看見土肥還是不停給他捻膊頭，山本扮作唔好意思說：「土肥君，我只說笑，你不用太認真，你坐回原位，我們大夥兒談談。」

土肥如釋重負，坐回座上。

小差這時又來給他們倒茶，還送上小點，氣氛看來不錯。

山本喝杯茶，吃着小點，跟着開腔說話：「首先，我要誇誇土肥的能耐，非一般人可及，可以與古支那人

普通話註釋：[47] 不是　[48] 揉揉肩膀　[49] 給個好計謀
　　　　　[50] 哪用得着　[51] 那麼差勁　[52] 怎麼來說
　　　　　[53] 胸有成竹　[54] 問他可不可以
　　　　　[55] 氣得吹鬍子瞪眼　[56] 教導　[57] 傻的
　　　　　[58] 飛奔過去　[59] 不錯　[60] 不多久　[61] 睡着了
　　　　　[62] 沒他辦法　[63] 不小心

張良、韓信一比，土肥兼備兩人的忍耐力、恆心。張良和韓信協助劉邦滅了秦，又打勝了西楚霸王項羽，最終建立大漢江山。自此之後，支那人又自稱漢人，叛國者被稱為漢奸。」

山本繼續大言不慚，說：「我想來想去都唔明白，中國，唔係……，是支那，她有多個民族，為什麼偏偏說的細作 [64] 是漢奸？為什麼不說是『中奸』或者是『支奸』呢？」

東條見山本講來講去都不入正題，藉着他的失言來諷刺他，說：「不要說那些『長支那志氣、滅大和威風』的話。」

山本立即駁嘴 [65]，說：「咁你又引用古支那經典來說話，是不是長……」

東條阻止山本說下去，立即站立起來，向山本來個深深鞠躬，說：「山本君，請恕老身不識大體，把閣下與阿三比較，令你老人家不舒服，我向你賠個不是。」東條就是東條，盡顯「宰相肚裡可撐船」的胸襟。

山本亦站起來向他鞠躬還禮，這樣一來一往，大家都呵呵大笑！

岩崎看見他倆和好如初，急來打圓場，說：「山本大人，剛才你說要給土肥君設個計謀，遠勝百萬雄師，

現在可以開估 [66] 嗎？」

山本心裡開心不已，放開聲浪說了三個字：「美人計！」

眾人異口同聲問：「美人計？」

山本斬釘截鐵說：「沒錯，美人計！」

岩崎問：「用哪個藍本來製造個美人出來？」

東條不用山本開估，直接說：「川島芳子。」

岩崎看看土肥，只見他垂手低頭，尷尬不已；岩崎顧不了那麼多，接着問：「土肥君條女 [67]，川島芳子？」

山本拍拍手掌，說：「東條君不愧為日本帝國內閣總理大臣，不知閣下，意下如何？」

東條君亦大力拍掌，說：「太妙了，太妙了！」

話音剛落，議事廳外傳來侍從官傳話：「川島芳子到！」

東條拍案大笑：「一說曹操，曹操就到！」

山本望望東條不語，大家心照不宣，齊齊起立歡迎川島芳子蒞臨。

川島芳子，滿州皇族，愛新覺羅氏，名顯玗，鑲白旗人，是第十代和碩肅親王善耆的第十四個女兒，漢名金璧輝，父親與日本人川島浪速結拜為兄弟，並收養顯玗為養女。一九一四年，她隨着養父母赴日，改名川

普通話註釋：[64] 奸細　[65] 頂嘴　[66] 揭曉　[67] 個女友

誰是真兇？　53

島芳子。在日期間，她跟隨養父學習政治、軍事、情報等，喜歡女扮男裝，精通馬術、搏擊、射擊、劍道等。一九三二年，偽滿州國成立，她被委任為偽滿州國「安國軍」總司令。川島芳子自認為日本人，日本戰敗後，於一九四七年被國民政府以漢奸罪名治罪，判處死刑，並於一九四八年三月二十五日在北平市第一監獄正法。

川島芳子向這班老臣鞠躬致敬，然後坐下來，說：「今天我坐立不安，心中納悶，所以來大本營探望東條大人，怎知遇見這麼多貴客，真是太好啦！」

東條說：「芳子，我們今天商討國家大事。」

川島慌忙答道：「那我就迴避一下，以免妨礙你們的工作。」

東條說：「沒事，我們正正討論與你有關的事，你等一等，我給你送上清茶美點。」跟着東條對着小差做出好像鬼畫符[68]的手勢，小差用手勢回應後就離開。

沒多久，它送上川島最喜歡的糕點和清茶，令川島非常感動，說：「東條大人，隔了那麼多時日，你還記得我在念書期間，父親帶我來探訪你家，夫人給我弄的小點，令我銘記於心，真的太好了！」

她跟着問：「是夫人弄的嗎？」

東條答：「不，是它。」跟着東條指指小差。

川島表現驚奇，問：「你什麼時候訓練一個這麼能幹的啞巴小孩？」

　　東條微微笑一下，說：「岩崎君，你給川島君介紹你的傑作。」

　　岩崎站立起來，向東條鞠躬，然後走向小差，他用手摸摸它的頭，它的反應像小孩，把身體推前倚靠在岩崎身上，他們的動作反應，像父子那麼甜蜜。

　　川島說：「這個小朋友聰明伶俐，可惜是個啞巴。」

　　岩崎微笑說：「它不是人類，是機械人。」

　　川島驚喜說：「真不可思議！恭喜你的超科技成就。」

　　岩崎趁機向川島詳細說明陰陽機械人的發展方向，並說要塑造一個川島芳子仿製品。

　　川島問：「這個仿製品有什麼用途？」

　　東條打個眼色給土肥，示意他去解釋。

　　土肥點頭表示明白，跟着說：「幹我們的老本行。」

　　川島聽了，皺着眉頭說：「做細作？」

　　土肥答：「什麼細作，是特務。」

　　川島有神無氣說：「女性做特務，一定要樣靚兼有身材。我的樣子，沒有五十歲，也有四十多；唉，身材更不用說，成個『洗衣板』咁嘅款，前又扁、後又扁，

普通話註釋：[68] 亂打一通

點攞我去做老翻 A 貨[69]，又點樣[70]去施展美人計呀？」

土肥想，這些都是技術性問題，不是他能給予答案，口吃地說：「這個……這個……」

東條看見土肥個樣，不耐煩地說：「這……這個，這個乜[71]？岩崎君，你來給些專業意見。」

岩崎聽後，點點頭，說：「可否借一借小差來用？」

東條打個手勢給小差，它就乖乖走到岩崎身旁，等候差遣。岩崎摸摸它的頭，跟着在它身上掛上一個小箱子，看似電腦，亦似投影機。

只見小差搓搓手，向外一指，在議事廳的另一端，立即出現一個水晶體顯視器，懸空掛着。跟着它指一指川島，她的整個形體就在水晶體上顯現出來。它在川島頭部一圈，再移開約五厘米，再把手指一彈，立即顯現四個川島模樣出來，旁邊列明川島的歲數：分別是十八歲、二十五歲、三十歲和四十歲。

岩崎稍微笑笑，跟着說：「川島君，你喜歡哪個時候的你？」

川島看見相片，心中暗喜，心想：「從女士情懷角度來看，當然是越年輕越好，但從事業女性角度來看，太年輕給人一個不懂事的感覺。」她說：「我要三十歲的樣子。」

山本心想：「女子不是貪年輕嗎？為什麼川島選擇三十歲的她？」問：「芳子，你為什麼不揀個十八、廿二，揀個三十歲個款[72]？」

東條舉手示意要說話，道：「等等，等岩崎給它配上身材才說，好唔好？」

岩崎感謝東條說：「好，我是依據川島君的意願完成這次推介建議。」

土肥好奇地問：「芳子的意願？你什麼時候諮詢她？」

岩崎答：「我們要多謝『喪理研究所』研發出來的成果，就是掛在小差身上的小電器，它具多種功能，除基本影音視像外，還可以發掘某人的潛意識思想。剛才川島君用潛意識允許我把她的形象放上水晶器上展示出來，就知道她的想法，再經演繹器作出分析，才有不同年歲形象的顯示。」

川島撒嬌說：「岩崎君，我饒不了你，你把我的私隱公開出來。」

岩崎慌忙向她道歉，說：「你不用擔心，『喪理』已考慮到這個道德問題，所以給你三秒時差決定是否把它展示出來；剛才的展示有三秒時差，又是你用潛意識允許的；那些你不同意的已自動刪除，對不對？」川島無奈點頭表示同意。

普通話註釋：[69] 贗品　 [70] 怎麼樣　 [71] 什麼　 [72] 的樣子

土肥說：「好啦，芳子，我們討論這個川島芳子二號的工作範疇，她要去香港建立一個特務基地，協助阿三實施『亞太再平衡戰略』……」

川島插嘴說：「什麼人改個咁拗口[73]的名稱？再平衡？是不是明示或暗示從前曾經平衡過，所以要說再平衡？既然從前未平衡過，為什麼說要再平衡？」

土肥答：「英文人寫的。」

川島說：「有些人說中文是『感性』語言，言簡義精，但缺乏邏輯性；英文是『理性』語言，甚具邏輯性。真不明白，咁大個標題，為什麼寫成咁嘅款[74]？唉，唔理你咁多，你繼續說下去。」

土肥俾川島窒咗一輪[75]，唯有有神無氣說下去，道：「當今之世，有三個頂級金融中心——紐約、倫敦和香港。」

川島又插嘴：「乜話[76]？唔係東京咩？」

山本又插嘴說：「東京？聞屁都沒他的份！」

東條看見他們說話雜亂無章，又喜歡插嘴，土肥又資歷淺，壓不了場。他按耐不住，用社團大佬口吻，說：「大哥、大姐，畀啲面我[77]，等我條嘅[78]說完再問，多多包涵，多多包涵。」說完，他站立起來向各方雙拳拱手為禮，唔行日式大鞠躬。真的有社團大佬風範，佩

服，佩服！

土肥有東條壯膽，說話又輕佻起來，道：「今日的戰爭，是沒有硝煙。戰爭的目的是爭取貨幣話語權。中國過去十年，靜悄悄地把人民幣散佈到全世界，其目的就是為發動貨幣革命做定功夫。它革誰的命？就是革美元的命。貨幣專家弗蘭茲‧皮克說：『貨幣的命運最終也將成為國家的命運』；『而世界貨幣的命運，是決定世界的命運』。」

「首先，讓我介紹國際清算銀行，你們就知道這個問題是多麼重要。國際清算銀行於一九三零年成立，位於瑞士巴塞爾，是世界上最早成立的國際清算組織，它只接受中央銀行存款，有大量美元、黃金儲備；進行各式各樣的國際支付，亦兼做戰爭賠償的工作。它刻意保持低調，用意是不引起公眾注意，外界不知道它的運作過程，學術界對它的研究亦不多，非常神秘。在二戰期間，納粹德國把搶劫回來的黃金儲存在這間銀行，用作支付購買戰略物資，亦即是支持戰爭。這個銀行的董事局由英、美和德交戰國組成，他們一邊打仗，拼個你死我活；另一邊開香檳，吃魚子醬，把酒言歡。英美銀行家透過國際清算銀行給予德國提供戰爭融資，令戰爭拖長，他們可以從中獲取金錢和政治上的利益。」

普通話註釋：[73] 饒舌　　[74] 這個模樣　　[75] 嘲弄了一番
　　　　　　[76] 什麼話　　[77] 給我面子　　[78] 手下

土肥接著說：「我再舉多一個例子，今天人間世上最殘酷的戰爭就是發生在中東這個火藥庫，其後面的操縱者是阿三的鐵哥們。戰爭帶來數以百萬計的難民，他們是在有組織和受操控性的情況下大量湧入歐洲。這些難民是因戰火逃命，卻被人蒙蔽，在不知情下被人利用去當沒有武器的『士兵』，殺入歐洲，蠶食她們的資源，削弱國力，目的就是摧毀歐盟體制和衝擊歐元貨幣；在這樣的攻勢下，歐洲漸漸分裂，歐元亦應聲下跌。英國佬看見勢頭不對，立即與歐盟割席絕交，仲開定個大夾萬 [79]，準備接收被美國佬嚇到四處走的所謂避難資金，實行做賊阿爸，起佢尾注 [80]，截咗美國佬條財路，唔使幾耐 [81]，英磅就升到呼呼聲 [82]，你話叻唔叻 [83]？」

　　眾人聽到土肥一問，不約而同一起回答：「叻！」

　　山本跟着說：「普京仲叻，看見美國佬在中東大殺三方，縱容伊斯蘭國攻城掠地，搶奪資源，志在造成世界不安，打亂秩序，大賣軍火，金融市場上下其手，製造貨幣不穩定情況，趁機來個金融大屠殺，間接去摧毀一些新興勢力；所以普京二話不說，立即殺入去幫敘利亞，來個回馬槍，打正旗號來剿滅伊斯蘭國，實際是掃美國佬場，攪亂檔 [84]，混水摸魚，屬唔屬害？」

　　大家亦不約而同一起答：「屬害！」

正當大家你一句、我一句吹噓一番時，侍從官進入議事廳向東條高聲說：「內閣情報局局長下村宏求見。」

東條說：「這個老家伙來得正合時。」他即時發出口諭：「引。」

下村宏曾侍候三位日本天皇，別號「海南」。以資歷來說，是三朝元老，但官位不高，官拜內閣情報局局長，他是甲級戰犯，但沒有被判處死刑，死後供奉在靖國神社內。

下村進入議事廳，看見列位大官，還有岩崎、川島，好不熱鬧。他急忙深深給各人鞠了一個大躬，完禮後，亦不敢坐下來。

東條打開話匣子，說：「海南君，你匆忙來找我，是否有好消息？」

下村稍微定神說：「是天大好消息呀！」

東條說：「念。」

下村立即小心打開文書，讀：「致：大本營各大人，有關花旗國選舉大統領一事，經過多天明查暗訪，結論是『特爺定當勝出，希姨勢必落敗』，壞在『東廠』；有詩曰：『看似勝券握在于，實則禍起在東廠。一紙查封勢逆轉，賓州失利夢難爽！』特高科呈。」

東條聽罷，暗自歡喜，問：「海南君，東廠真的可

普通話註釋：[79] 還打開個保險櫃　[80] 席捲一空　[81] 不用多久　[82] 不亦樂乎　[83] 你說棒不棒　[84] 攪破壞

以左右大局嗎？」

　　下村慌忙答道：「東條大人，不出一天，勝敗立知。已有民謠歌唱『希姨利西邊，特爺旺東方；失賓佛敗俄，江山別淚眶。』錯不了！」

　　東條說：「太好了，太好了！大和有救，大和有救！」

　　山本看見東條的反應，納悶不解，問：「你為啥那麼高興？」

　　東條答：「大日本帝國，不出十年，必擁核武，屆時可以揮軍殺入中宮，一報亡國之恨；我已等了七十多年，今天才見曙光，怎不高興？」

　　山本再問：「你從哪來這麼強的信心？」

　　東條指着下村說：「海南君，你當情報局局長，請你分析特爺勝選後的形勢。」

　　下村點頭，開腔說話：「首先，我想引用特爺競選時作出的批評和承諾，而他的說話真的實施起來，最終會影響日本的安全和利益。特爺強調美國優先，不再做世界警察，要各國承擔防務支出。如果他真的執行這個政策，對歐洲的北約影響深遠；在東北會影響日本、韓國和台灣；在東南亞影響東盟十國，特別是新加坡。影響日本的安全當然是《日美安保條約》，第一島鏈會弱

化，駐日美軍可能減少，對朝鮮的壓制出現力不從心，對大和民族的宿敵，更不用說了，唯有當順民來保命。」

東條拍手掌，道：「說得好！海南君，請你分析《跨太平洋經濟夥伴關係協定》（TPP）對日本有多大的影響？」

「好的。」下村慎重回答，續說：「在大統領選舉期間，特爺高舉反 TPP 旗幟。他提出強大論述，說 TPP 搶走大量花旗國國民飯碗，必須鏟除，所以奧仔已叫停這個項目。根據我們的情報，三少爺會親自赴美向特爺『箍煲[85]』，不惜赤膊上陣。」

山本又插嘴說：「他要當『唐吉訶德』，不自量力！」

東條聽到山本的意見，有點不滿，說：「現時不要太早下定論，耐心點。」

山本接着問：「剛才海南君說出由特爺當大統領，會產生很多不利的因素。但是，你為什麼認為日本可以重振國威？」

東條聽後慢條斯理地說：「這是逆向思維。很多時，不利的因素反而帶來好結果。好似二戰咁，我們認為有利可圖，最終化為泡影，還要吃盡苦頭。反觀我們的宿敵，開始時被我們殺個片甲不留。後來，他們來個國共

普通話註釋：[85] 抱大腿

合作，攪到我們疲於奔命，最終給他們來個大翻盤。今次特爺開宗明義說要我們食自己 [86]，大日本就順水推舟，搞幾粒原子彈出來，跟着大擴軍，當地區霸主，祭出日圓和人民幣決鬥，打場貨幣戰爭，用大殺器坐鎮來壓住個場，迫佢哋埋角 [87]，眼甘甘俾我哋食埋 [88]，睇住嚟喇 [89]！」

下村急忙點頭說：「東條大人說的話，正是我國人民心中的話，但礙於時不與我國國運，這是天意，還是以忍為上。」他續說：「東條大人已改了半邊天……」

山本聽到這又忍不住來打岔，插嘴問：「海南君，這話何解？」

下村續說：「自有天地宇宙，天上、人間分別而治，各有規律，這些規律，行了億萬多年，才演變今時的天上人間。我們這群亡魂野鬼，能借靖國神社一角，續命於陰間，雖然是天命所歸，亦要神人來助，才能維持今天光景，稍一不慎，這個宇宙方舟，亦會煙銷灰滅，永遠消失。東條大人和我們這群落難魂魄，本應淪落畜道，輪迴受苦，幸好大人力補半邊天，打走冥王，偷天換日，製造一個小環境，給我們一個大機會，繼續為國效命，達到陰陽調和，人鬼相通，暗中幫助大日本復國中興，這樣的豐功偉績，無人能及，無魂可比，所以我們更要

珍惜當前環境，辦事要更細心，用力要有節度，不爭一時之氣，不屑短暫風光，才能千秋萬世，與天地宇宙同存。目前形勢，還是要韜光養晦，暗助三少爺，令他明白，一字忌於『急』，一字用於『忍』，終有一天，大日本才能重振國威，揚名四海。」

他們這樣東看看、西說說，好像把川島的事都忘了。東條看見川島心神恍惚，他知道先要把川島的事弄好才去處理其他事務，他對岩崎說：「岩崎君，不好意思，請你繼續介紹給川島君設計的方案。」

下村聽到東條這樣說，想離開，說：「東條大人，如果沒有我的事，我先離開。」

東條揮手答：「不，你留下來，有事要你幫手。」

岩崎再打手語給小差，它跟着展示多款身形給川島看，都不獲得她接受。

岩崎不得要領，問川島：「你究竟喜歡什麼樣的身材？」

川島答：「我不喜歡太誇張的，因為……」

「因為你喜歡女扮男裝。」土肥代她說出答案。

山木立即板起面孔，問：「我們不是要耍個美人計嗎？為什麼搞搞下，搞出個女同志來？」

東條閉目不語，他忽然拍案而起，說：「岩崎君，

普通話註釋：[86] 自力更生　[87] 迫他們走投無路
　　　　　[88] 眼光光沒能力反抗　[89] 走着瞧

你幫她弄個有女同志質感的川島芳子二號，它必定攪到世界大亂，現在世界很多國家都是女頭目當權，她們必定受落，就此決定。」

東條續說：「我限你一個月內交貨。」

這樣的決定令岩崎不安，他說：「有些問題，還沒有解決。」

東條答：「唔明 [90] 就問『愛人食蛋』。」

山本說：「不是『愛人食蛋』，是『愛旦』。」

東條無趣地回答：「他的名字是英文，我們喜歡怎樣翻譯就怎樣翻譯；看來叫他『愛旦』就簡單得多。」他續說：「這個愛旦的老人痴呆病怎麼樣？」

山本好像什麼也不知道，問：「他……老人痴呆？」

東條打個眼色給土肥，說：「你來給山本君說你怎麼樣找到愛旦？」

土肥面不改容，扮老實說：「有一晚，我駕車回家，有一個人從路上跑出來，被我的車撞倒受傷躺在地下，我立即送他去醫院救治。第二天，我去探望他，覺得他很面善，他那把長長、沒有梳理的灰黑頭髮，令我想起一個人，就是『愛人食蛋』；噢，不，『愛旦』，後來證明他就是『愛旦』。我見他什麼都記不起來，挺可憐，就收留他，特別為他修了一所像大學課室的地方，找了

一些人扮學生來上課，目的就是幫助他恢復記憶，從中探討他的學識，用來解決很多懸疑的科學問題，岩崎的工程師也來上課。」

大家都望着岩琦，他點頭表示認同土肥的報告。

東條說：「岩崎君，你來報告愛旦的最新狀況。」

岩崎恭敬地回答，說：「好。土肥君的安排是挺好的，他從什麼也記不起來，漸漸開始改善他的情況。」

山本心想：「土肥這個傢伙，不愧是幹特務這一行，明明是他把愛旦擄回來，還編寫一個那麼人性的故事給我們聽。好，不要管那麼多，先問問岩崎他現在的情況。」

山本打斷岩崎說話，問：「你怎知道愛旦的記憶改善了？」

岩崎不亢不卑說：「土肥君找了很多專家來幫他，什麼心理學教授、催眠大師、醫生、靚女都請來，沒有什麼效果。」

山本問土肥：「找專家來，這個我明白；為什麼找靚女來？」

土肥答：「我⋯⋯我是看他想不想女人？」

山本續問：「那⋯⋯？」

土肥不等他的問題，就趕快回答山本，說：「他看

普通話註釋：[90] 不明白

都沒有看她們一眼。」

山本望向岩崎，問：「後來呢？」

岩崎答：「有一天，有個三歲娃娃跑來課室找爸爸，愛旦很高興跟她玩，愛旦扮貓，娃娃扮老鼠，在課室玩貓捉老鼠，她爸爸看見她玩到癲[91]，就說：『乖女，唔好玩咁耐[92]，快來做功課。』他說完就在黑板上寫『2×2=?』。娃娃可能是想戲弄她的爸爸，她寫上一個『6』字在黑板上。她的爸爸說：『不對』，她笑而不語，愛旦忽然說話：『不對，應該是4』。這個無意中的發現，令我們挺興奮。我們特別為他編寫一套算術習作，用選擇題方式，開始是計算『＋－×÷』、三角幾何、以至微積分都派上用場，現在他的進展到可以解答相對論、量子理論，假以時日，可能發掘到他的腦電波數據，解決宇宙時空問題，也不一定？」

東條大力拍手，說：「好，幹得好！」

東條看見大夥兒都露出疲態，他關心地說：「我給你們小休半小時，可到休息室小休片刻，吃些小點，然後再回來繼續開會。」

各人非常感激東條的好意，相繼離開。

普通話註釋：[91] 玩瘋了　[92] 不要玩那麼久

五、貨幣戰爭

當各人走後，東條立即叫侍從官進來，說：「你立即去找周佛海來大本營，急！」侍從官領命後立即前去辦事。

周佛海，是何許人物？他在日本東京大學主修經濟，留學期間加入了共產黨，於一九二一年，以日本留學生代表身分參加中國共產黨第一次全國代表大會。一九二四年返回中國，退出共產黨，加入國民黨，歷任要職。抗日初期，他任國民黨中央宣傳部副部長，代理部長等官職，後來背叛國家，跟隨汪精衛投靠日本，出任偽國民政府行政院長，兼財政部長、中央銀行總裁，鐵了心腸當漢奸。當日本戰敗勢現，這個牆頭草，又考量如何甩身[93]，他秘密向重慶政府投誠自首，試圖「戴罪立功」。一九四八年，獲蔣介石赦免死罪，傳聞是由於知道不被判處死刑，興奮過度，心臟病突發，失救於南京老虎橋監獄，年五十一歲。正是：「天條罪成人可恕，天道難跨命怎留！」嗚呼哀哉！

沒多久，周佛海由侍從官帶進議事廳，他看見東條英機，像條哈巴狗，搖尾乞憐，來個特大鞠躬，並高聲

向東條問安。

東條惺惺作態，站起來，走去扶起周，說：「周公，久違了，不知近況如何？」

周說：「大人恩威四海，是當今孟嘗君，食客無三千都有一二千，我們這班落難人，有國不能歸，有家不能圓，唯有見一日、活一天，否則被緝回畜道輪迴，續受血光之災，無時可了，悲慘萬分！」

東條扮作同情他的遭遇，說：「我們雖是道不同，但亦可以合。這是我今天找你的目的。等一會，我的參謀將領回來，你要給他們上課，好好長長知識。」

周好奇地問：「上什麼課？」

東條答：「貨幣戰爭。」

周再問：「大日本能人異士多如過江之鯽，為什麼找我呢？」

東條說：「周公所言差矣，我這班將領，受了天皇的優秀民族理論催眠，自以為天下無敵，可以不費吹灰之力，統治中國山河，殊不知不足二十載，已弄到自己焦頭爛額，國破家亡，最終還要搭上性命，真的是『敗軍之將不言勇』。我們要臥薪嘗膽，洗心革面，才能像火鳳凰重生。我特別使開他們，要和你獨談，你交個底給我，如何可以打敗支那，唔係，我尊重你，不再說中

普通話註釋：[93] 脫身

誰是真兇？　71

國是『支那』，尊重對手亦是勝利者必須有的氣量。」

周答道：「敢問一聲，你要我說真話，還是說假話？」

東條由頭到腳再看周一次，說：「對我說真話。」

周問：「那麼對你的幕僚呢？」

東條閉目想想，然後說：「好事留五分假，壞事說三分真。」

周再問：「為什麼有五、三之分？」

東條答：「好事少說終歸是好事；壞事不用多說，遲早會來，三分真話已令人擔心不已，少說為佳。」

周聽罷，說：「你問我的答案，又是五分又是三分。」

東條說：「周公，你要對我說真話，為什麼搞個三、五分出來的答案？」

周答：「東條大人，這個問題沒有答案，對不起！」

東條心想：「係嘅，他知道就唔使 [94] 做漢奸了。」他搖頭嘆了一聲：「唉！」

話音剛落，那班將領施施然從外走回議事廳，看見周佛海，像老朋友般，紛紛與他握手，寒暄數句；唯獨川島，眼尾都沒望他一眼。

東條看見他們倆面左左 [95]，急忙打個眼色，示意川

島向周問好。

反觀周，他亦感覺川島看見他到來反應不佳，看來川島還記着當年的恩怨。周慌忙走上前，拱手為禮，說：「川島總司令閣下，別來無恙？」

川島臉臭臭答：「冇穿冇爛[96]，只是心口多了兩個窟窿。」

周口吃吃說：「這個……這個……」

東條心知肚明，他向川島說：「你不要怪責周公，他迫不得已。好啦，我們在同一口鍋裡吃飯，要團結，否則不戰自敗。」

東條向其他人說：「今天我請周公來是跟你們上課，他是東京大學經濟系高材生，又是南京政府財政部長，當年他協助皇軍發行軍票，對貨幣戰爭有獨特見解。請你們耐心聆聽，尤其是川島君，你被派往香港，執行特別任務。我們鼓掌歡迎周公。」

大家努力拍掌，而川島沒精打采，輕輕拍了一下手掌了事。

周站立起來向各人表示多謝，說：「東條大人要我談貨幣戰爭，我首先要說的是『今天大眾認識的貨幣戰爭是什麼樣概念？』眾所周知，美元是國際貨幣，是國際儲備和進行清算的貨幣，中國目前持有最多美元外

普通話註釋：[94] 不用　[95] 誰也不理誰　[96] 沒什麼不妥

匯。美國政府用美元設下一個無形羅網，所有需要美元的國家都自動墮入這個網，成為甕中之鱉。更甚之，這些鱉會不時被拉出來『放血』。」

山本急急舉手問：「什麼是『放血』？」

周答：「即是貨幣貶值。」山本點頭表示明白。

周續說：「如果我們把貨幣上發生的人為因素變化說是貨幣戰爭，發起戰爭的國家就是美國。但是，很奇怪，很少國家團結起來抵抗侵略，像二戰時的情況，侵略國與被侵略國壁壘分明，打個不亦樂乎。歐盟諸國是唯一團結起來，發行歐元來對衡美元的操控，可惜力不從心，效果不大。」

周喝了一口水，續說：「如果這些財經變化是貨幣戰爭，就要從戰爭的角度去分析這個問題，從來沒有學者，包括諾貝爾經濟學得獎者提出這個指導思想，分析方向。反之，他們助紂為虐，有意或無意提出偽理論、偽說法，著書立說，把一大堆似是而非的學說、詞彙等硬銷給大眾，用以轉移人的視綫，朝錯誤方向去思考。最明顯的例子是『資金避難所』，當某地區被人評定有金融危機，就有資金轉移到資金避難所。這個本來沒有問題的地區或國家，經過這些資金移動後，就自動招災，金股大跌，貨幣貶值，經濟蕭條等一大堆後遺症就應聲

而來，後患無窮。」

周舉例說：「在四、五十年前，香港有間華資銀行，經營穩定，但不知何故給人造謠有財政問題，客戶急急去銀行提取現金，由此引發它資金短缺，向某間大銀行求助，最終被大銀行不費一分一毫，把它吞併了。這樣的行動，不是戰爭，是流氓行為。他們是有預謀而來，絕不是偶然巧合，這樣的行動，用的是陳年舊橋[97]。廣東話有句話，說：『橋唔怕舊，至緊要受[98]』。一般這樣的行動計劃，分三個階段實施：首先在市場上造謠；接着扮英雄救美；最終露出猙獰面目，殺無赦，生吞活剝。」

「戰爭必須有軍隊、士兵和武器。貨幣戰爭的軍隊就是那些所謂投資者和金融大鱷，有些以投資銀行或基金姿態出場。首先他們表現專業投資能力和實力，實則暗藏殺機，設下陷阱，等候時機和獵物來臨。他們所用的武器是熱錢，攪到市場熱哄哄的，阿婆、阿嬸都來玩，買乜都中[99]，贏大錢。又會造謠，一時說這個三個 A 評級，一時說那個是垃圾，所有話都是由這班騙子說才算數。你們不要小看這個『話語權』，可以講着講着就置人於死地。『造謠生非』這門學問絕對高過什麼博士學位；『買空賣空』的伎倆更勝過一個經濟諾貝爾獎得主。

普通話註釋：[97] 老方法　　[98] 點子不怕老，最重要是受
　　　　　　　[99] 買啥都賺

懂得借貨來大炒特炒更是高手中的高手,如果是『水蟹』
級炒,鬼才會把身家以至性命都押在一起,沒門兒!」

　　「一九九七年七月,索羅斯發動襲擊亞洲多國金融
市場,就是借藍籌股來炒熱市場,當時香港有些人士出
口術 [100],說什麼市場問題由市場解決,這些人士包括
所謂經濟學權威、大學教授,說如果香港政府干涉自由
市場就玩完啦,因為這是破壞遊戲規則行為,最終香港
政府下定決心跟索羅斯對抗,大陸政府又支持,最終大
鱷投降計數離場,補貨補到傻,特別滙豐的股票,被沽
空多了百分之七,要在 T+2(即交易日加二天)把貨送
來結算。滙豐高層驚到鼻哥窿都無肉 [101],問香港政府
買回空市的股票,香港政府睬你都傻 [102],說如果賣,
可能賣給中東某大國,這句話嚇到滙豐高層跪地求饒,
最終香港政府把這些空市股票成立《盈富基金》(上市
編號 2800)。經過這一役後,那些大鱷收斂了很多。
話說嗰位 [103] 大學教授,識教人唔識教自己,最終自己
都係為了個『錢』字,走佬收場 [104]。真的要讓人擲筆
輕嘆『為啥』。不好意思,講住咁多先 [105],我去吃口
煙再回來發嗡風 [106]。」

　　周吃完煙回來續說:「大鱷把搶劫回來的錢搬去所
謂資金避難所,亦順勢增加崩盤力度,加速市場倒塌。

然後打正旗號，用什麼白武士名義來，搞埋 [107] 國際基金出來，裝有義氣說要救市救災，實則來打劫，大掃平貨 [108]，又落井下石放貴利，定下難以接受的規矩，從此受害國墮入魔爪，不能自拔，任人魚肉，永不超生。」

周稍微停停，問大家：「有問題嗎？」

土肥舉手發問：「中國如何應付和反擊？」

周答：「這是個好問題，我們小休十五分鐘，然後回來繼續討論。」

普通話註釋：[100] 造謠行騙　[101] 嚇得目瞪口呆　[102] 置之不理
　　　　　[103] 那個　[104] 丟下不理　[105] 先說到這兒
　　　　　[106] 聊　[107] 摻和　[108] 搶平貨

六、再論貨幣戰爭

　　周吸完煙回來坐下，喝杯茶，咳了兩聲準備繼續為他們上課。各人都很欣賞周的見識，他們靜靜坐下來，不敢打擾周。

　　周望望這班大帝，心中暗想：「到今天，我還是想不通，為什麼會跟這班人走在一起，無名無利，還被人臭罵漢奸。事到如今，唯有見一步、走一步。」

　　他不敢再想下去，於是開腔說話：「在座各位都是元帥、大將，閱歷深廣，更飽讀兵書，參加過無數大小戰役，對打仗一事，必定駕輕就熟，難不到你們。我有一些問題，想向你們請教，今次請土肥君作個回答。」

　　他看看土肥，土肥向他點頭表示明白。

　　周問：「如果你要打一場貨幣戰爭，你要準備些什麼？」

　　土肥答：「錢。」

　　周再問：「對，還有呢？」

　　土肥想想，說：「情報。」

　　周輕輕鼓掌說：「土肥君，你不愧為情報高手，好嘢[109]！」

周說：「下一個問題亦是由情報頭頭來答。」周望着下村不說話。

下村急忙點頭表示明白。

周問：「如果美國佬要做中國人世界[110]，你估佢哋[111]在哪一個城市發動襲擊？三個地點讓你選擇，可以選一、或二或三個都選，上海、深圳、還是香港。」

「香港。」下村答。

周說：「再給你一次機會。」

下村堅定地說：「都係香港。」

周問：「給我一個你認為最重要的理由，只有一個。」

下村答：「法律。」

周問：「法……律？你為什麼選法律？」

下村答：「法律保護良民，但更保護班爛鬼，而這班炒友最懂玩賊喊捉賊這一套。」

周問：「如果美國炒友來犯香港金融市場，你估計他們要動用多少資金？」

山本見周沒有問佢意見，覺得無所事事，忍耐不住，爭着來答：「閒閒哋[112]都要用二、三千億美元。」

周說：「山本大元帥，由你來答這個問題最好不過，因為你曾帶領過大隊航空母艦、戰艦、飛機去偷襲珍珠

普通話註釋：[109] 挺棒　[110] 陷害中國人　[111] 猜他們
　　　　　　[112] 最低限度

港，炸到那班美國佬『七個一皮^[113]』。你的輝煌勝利成果是繫於一個字，就是『偷』字。如果是你要搬二、三千億美仔去香港做世界，你會用什麼方式把錢『偷』入香港？」

山本擘大個口得個窿^[114]，唔知點答。

周接着說：「資金移動就像軍隊移動那麼詭異，若給敵人知道就前功盡廢，甚至給敵人反制機會，就更麻煩了。美國政府全天候監控美元的流動，所有美元票據結算、外匯兌換，不論金額大小，必定經過美國紐約銀行來清算。」

東條看到這個情景，心中暗想，估唔到^[115]一個二三流的支那政治家，可以用三兩句說話起了我大和民族的底，仲俾佢當細路咁玩^[116]，真係要出番兩三招，撈番啲面子^[117]回來。

東條問：「周公，我想向你請教請教。」

周答：「請教？不敢當，有問題請提出，我會盡力回答。」

東條說：「周公，咁我就唔客氣啦！」周微微點頭。

東條跟着說：「好，假如易地而處，你認為中國人會點做？」

周答：「你想聽邊個 [118] 版本的答案？」

東條面露不悅之色，問：「乜 [119] 有幾個版本咩？你可否逐一介紹，給我們見識見識。」

周答：「好，我的答案分為三十年前、二十年前和十年前的版本。」

東條心中想：「為什麼沒有今天的答案？好，等他說完再問。」

周說：「假設三十年前有幫土匪去到某個窮村莊搶劫，當時那位村長被嚇到手揗腳震 [120]，慌忙叫那些婦女速往山上跑，剩番 [121] 十個八個骨瘦如柴的男丁，揸住 [122] 個鋤頭去抗賊，槍都沒有一支。賊幫阿頭看到這群窮鬼窮到幾乎沒褲穿，唯有嘆聲『倒霉』，然後拖着幫賊兄弟去第二條村搵食 [123]，咁就俾這條村逃過一劫。所以三十年前的中國不用擔心這個問題，因為無嘢畀 [124] 幫賊來搶。」

周續說故事，道：「二十年前，村長失蹤多年的兒子突然從英國回來，大家都很高興。他蓋了一所新屋來住。在過去十多年期間，村民辛勞地工作賺到一些財富，大家又開始擔心安全問題。有一天，村民開會討論保安，

普通話註釋：[113] 焦頭爛額　[114] 啞口無言　[115] 想不到
　　　　　　[116] 還被他當呆子來欺負　[117] 挽回面子
　　　　　　[118] 哪個　[119] 怎麼　[120] 手腳發抖　[121] 留下
　　　　　　[122] 拿起　[123] 打劫　[124] 沒東西可給

村長的兒子說：『匪患未除，我們要組織自衛隊，購買武器，與鎮政府建立通訊系統，互相照應。』果然不出大眾所料，匪幫又跑來搶劫，村民奮力抗匪，他們急急通知鎮政府派人支援，內外夾攻，最終傷了匪徒數人，匪幫知難而退。經過這樣一戰，村民又有安樂日子過。觀之鄰近村落，因為沒有危機感，不預早綢繆，被賊匪洗劫一空。這個寓言故事說明『未雨綢繆，團結就是力量』的重要性。」

周繼續講故事，說：「二零零八年，正值美國非洲裔總統奧巴馬上場執政，應是班炒家出來搵食[125]的大好時機。怎料一個『次按危機』就打垮了他們在華爾街的基地，百年老店雷曼兄弟更一夜消失，其他投行危如累卵，隨時關門大吉，不少金融大亨原來是騙子，有些被拉去坐監，有些自殺，平時道貌岸然之流是老千、賊。經過此一役後，他們哪有餘力出外做世界？這個現象並不等於天下太平，貨幣戰爭由金融主導變為戰爭主導，所謂『炮聲一響，黃金萬兩』。近十年的金融、貨幣戰爭之前，必定打場真刀真槍的火拼。所以沒有軍事實力的國家，做了炮灰還不夠倒霉，要割地賠錢，多慘！」

山本又忍耐不住，插嘴問：「唔係呀，這些年頭，都沒見割地賠錢那回事。」

　　周答：「這個年頭，當然沒《馬關條約》撠住來搶咁離譜，但結果亦是差不多。」

　　東條說：「周公，請你試舉幾個例子出來給大家研究。」

　　周斯文淡定地說：「現在的戰爭是代理人戰爭，背後的主子出武器，代理人出命，打贏就分地分銀，算是不成文約定。伊拉克被英美聯軍打敗，薩達姆被殺，國家分裂，石油資源被人無情掠奪，更衍生個伊斯蘭國。跟着在中東火藥庫興起的什麼顏色革命，都是那班代理人出來作怪，從旁推波助瀾。輕則挑撥群眾對抗，奪取政權，行不通就整隊叛軍出來作反，用武力篡位。這樣的打打殺殺，這個世界怎會安寧？但是，這正是有些人樂見的形勢，可以大賣軍火，大搞金融騙局，裝腔作勢，指鹿為馬，攪到局勢越亂越好，火越燒越旺，財富越來越多，權力越來越大，氣焰越來越強；但是他們不知道他們是自掘墳墓，等到啲火燒到埋身時 [126]，悔恨可能太遲了。」

普通話註釋：[125] 打劫　　[126] 死到臨頭時

七、人海戰術

　　東條聽完周對貨幣戰爭的論述後，心中覺得他的說話不是什麼大道理，只是常識或者時事分析，稍為注意時事新聞報導，都會略知一二。

　　東條問：「中國對目前的形勢，有何對策？」

　　周答：「作為中國人，不論屬於蔣公的國民政府或者汪公的南京政府或者當今的人民政府，都會有一份愛國情懷，表達方式不同而已。現今的人民政府是經過連場大戰打拼出來的。從二萬五千里長征開始，到抗日戰爭，國共內戰，抗美援朝，越戰等等，都是靠槍杆子來爭取統治權和生存空間。自立國起，人民政府從家徒四壁開始，一步一步把『兩彈一星』弄出來。自從中美建交後，繼而經濟改革開放，經過三、四十多年，外滙儲備盈餘高達四萬億美元，人民幣發行量相當驚人，接近二百萬億。過去多年，人民幣慢慢滲入外國消費市場、資產市場、股票金融投資等。」

　　山本暗想：「剛才周問我如何把二、三千億美元『偷』運進去中國做市？好，等我問問他中國如何把數萬億人民幣散入世界各國。」

他舉手發問：「周公，中國如何把那麼龐大的人民幣流向世界各國？」

周拍手叫好，說：「山本不愧為海軍元帥，問的問題問到要點去。」

周答：「經過多個途徑，其中一個是運用人民戰爭之人海戰術策略。」

大家不約而同回應：「人海戰術？」

周點頭，說：「對，人海戰術，中國每年達一億多人往外跑，他們什麼都買餐飽[127]，穿、用、觀、擺等都買，其他消費支出，吃、喝、行、住、玩、看等都用錢。消費類別從平價洗髮露到梵高的名畫都沒有遺漏。在這個世界上，沒有一個民族有那麼強的消費力；沒有那麼數量大的消費雄師，這就是人海戰術，螞蟻搬家的策略，無聲無息地把人民幣帶到全世界每個角落，而這個螞蟻雄師還不斷擴大；可能有一天，螞蟻雄師買光了全世界的奶粉、礦泉水也說不定，厲害嗎？」

各人都聽到入神，口都不能合攏起來。

周氣定神閒說：「如果螞蟻雄師是步兵，那些收購海外公司、資產的行動隊伍就是『傘兵機動部隊』，他們從天而降，收購天然礦產開採權、公司吞併各行各業資產，科技技術轉移等，行動如水銀瀉地，無孔不入。

普通話註釋：[127] 去狂買

這兩支金融、貨幣戰爭的『前哨部隊』,令美國頭痛不已。過去,這些行動大多數都要動用美元,中國經過多年的外交努力、商業會談,成功與多個國家達成雙邊協議,除了美國資產外,交易多以雙邊國的貨幣對沖結算,減少了很多不必要的干擾。為了使人民幣更快進入海外市場運作,一個由中國人民銀行主導,輔以銀聯系統運作的『人民幣跨境業務』在三、四年前暗地裡展開工作。單是香港那個彈丸之地,已吞下二萬多億人民幣。香港已成為離岸人民幣最大的運作中心,市場佔有率高達百分之七十以上。」

土肥突然舉手,好像要發問。周指指他算是允許他發問,土肥點頭表示感激,接着問:「中國政府為什麼讓香港吃這塊『肥肉』?」

周反問:「你為何說這個人民幣跨境業務是塊肥肉?可能是豬頭骨呢?」

土肥答:「據我所知,人民幣跨境業務就是從中國大陸經過銀聯清算系統把資金轉到大陸境外,這樣的服務,可以賺取清算服務費,清算額達百億、千億,佣金收入相當可觀。為什麼不給其他特區城市做這個業務,偏偏給香港?所以我們要派川島芳子二號去香港研究、

了解這個情況，暗助三少爺如何為發動貨幣戰爭作好準備，我已定名這個行動為『一七一工程』。」

周問：「一七一是什麼部隊？」

土肥答：「這不是部隊名稱，是行動預計在二零一七年一月展開。你還沒有給我解釋為什麼給香港做人民幣跨境業務？」

周說：「請問，其他特區有沒有發行國際流通貨幣？」

土肥搖頭表示：「沒有」。

周續說：「有，澳門，但流通量小，不成氣候。香港就不同，所有人民幣到港兌換港元後，就是外幣。不要忘記，港元是與美元掛勾，這個『勾』的魔力非同小可；想打貨幣戰爭？打贏個仔先講去打佢阿爸[128]。」

土肥給周搶白一番，心想，我哋嗰班所謂經濟專家不及這個漢奸見識，可能他們不識中文，又不讀中文報紙刊物，才那麼無知，唯有心不甘情不願地向周鞠躬，說：「聽君一席話，勝讀十年書，真的令我茅塞頓開！」

普通話註釋：[128] 打敗兒子才去跟他爸爸打

八、一帶一路

　　大企業家岩崎提出發問，說：「中國用不同渠道拼命送人民幣往外跑，當中包括什麼滬港通、深港通都是搬人民幣出來，每天轉流量達六百億人民幣。試想想，如果這些運作渠道是活化人民幣的國際流通性，其潛在能力就等如越戰時期的「胡志明徑」，給北越打通一條生命線，把物資運輸往北越，最終打敗了美國的侵略。」

　　岩崎說完後緊緊盯着周，從雙方眼神的溝通，他知道周想他繼續說下去，道：「作為企業家，我們輸出產品就可以賺取外滙，而入口產品就要支付外滙，這樣一來一往就是國際貿易。中國在這方面是表表者，在貿易上永遠是出口多過進口，賺取巨額外滙，令中國富強起來，但又令美國和日本擔心。現在又來多個什麼人民幣跨境業務、滬港通、深港通，結果就是整天搬人民幣出來，這些行動已不再是什麼螞蟻搬家，或者是個傘兵收購行動，而是『人民幣常態搬家化』，這樣搬下、搬下，搬出那麼多人民幣出來，究竟意欲何為？怎樣收科[129]？周公，請多多指教指教。」

　　周聽完岩崎的說話後，答：「岩崎君，凡事都有雙

面,光明面和陰暗面,我先談談陰暗面。中國面對一個問題,很多貪官污吏、奸商、逃稅罪犯就是利用這些渠道偷運資金往外地;跑去英、美、加、澳、香港以至日本,買樓炒股票和各式各樣的投資,金額可能高達二、三萬億。」

周續說:「不論用任何形式走出去的人民幣,都要找渠道把它引回來,一帶一路就是答案,亦是我今天要談的最後話題。中國國家主席習近平於二零一三年提出的國際戰略之一,『絲綢之路經濟帶』和『廿一世紀海上絲綢之路』,簡稱『一帶一路』,主要是促進發展沿線國家經濟,推廣文化交流。亞洲投資銀行,簡稱『亞投行』,應運而生。一帶一路是人民幣之河川,帶動人民幣往返沿途國家,集中資源投放於基建項目,例如高鐵、港口碼頭、保稅倉庫、機場、公路、運河、電廠、電訊等大型項目。每一個項目都需要大量資金,正好提供人民幣出路。由中國主導的亞投行像個水閘,由它調節水量(資金)。中國政府亦鼓勵私人或企業前往這些國家尋找商機,這樣龐大的發展計劃,前無古人,不敢說後無來者;但肯定這是劃時代的計劃。從來歐美國家都不會為支持第三世界整體性發展基礎建設,更不會在沒有抵押的情況下給予貸款。對某些人來說,讓這些國

普通話註釋:[129] 如何善後

家保持於『不發展、低科技、低知識』狀態對他們更為有利。」

山本聽到周這些不順耳的說話，表示不滿，說：「我們日本國都有幫助一些國家建設。看來你的思維分析不夠持平，頗為偏向中國。」

周表現尷尬，說：「我只是以事論事，不會偏頗任何國家，如果你們覺得我的說話不太適當，我就不再說下去。」

東條慌忙出來阻止山本干擾，說：「周公，你想說啥就說啥，我們有判斷能力。」說着他狠狠瞪了山本一眼。

周站立向東條鞠躬致謝，說：「日本都有出口基建項目，好像泰國鐵路系統翻新工程，中國提出轉換全新標準寬軌系統，而日本提出保持『窄軌』系統規格進行更新工程，這個窄軌規格會嚴重影響泰國鐵路系統與國際接軌的能力。此外，窄軌較之寬軌的運載量相差甚遠。」

土肥問：「哪個國家最初為泰國修建窄軌鐵路？」

周答：「日本。」雖然周說的都是事實，他覺得所說的話頗具批判性，令人不高興。

他停一停看見沒有人反對，才繼續說下去，道：「一帶一路策略將會改變這些不公平的現象，令有能力的國

家去幫助能力比較差的國家，提供資金、技術、人才，從多個層面去改善社會設施，提高人民生活水平，所以這個一帶一路政策必然廣為大眾接受。這樣的政策，美國和日本不會支持，究竟如何應對，不在我的研討範疇內。謝謝。」

東條大力拍掌，並鼓勵其他人一起拍掌。

他說：「我們要感激周公給予我們這樣精簡的分析，了解貨幣戰爭和一帶一路的實在含義。我代表各位在座同事向周公致謝，並送上一份禮物。」

東條問周喜歡什麼禮物，然後指指牆上掛的字畫和一張滿清政府發行的「廣九鐵路債券」。

周認真地向東條說：「如果你真的讓我選擇，我要……」

東條說：「你是不是要唐伯虎的《八景圖》嗎？」

周答：「如果你允許，我想要廣九鐵路債券。」

東條說：「這張債券不值一文，為什麼你要它？」

周答：「今時今日，我一不求名，二不圖利；這張小小債券正好提醒我欠債要還，沒有其他意思。」

東條點點頭說：「好，你拿去吧。」

侍從官過來把它從牆上拿下來，包好，送給周，周表示感激不已。

東條說：「今天大家都很辛苦，開會到此為止。完

結前，我想請岩崎給我們示範他的新發明，陰陽小差的能力。」

只見岩崎打出手語，小差就乖乖走過來。

岩崎問：「你們想它做些什麼示範表演？」

土肥說：「可否問問它有關時事問題？」

岩崎答：「可以。」

土肥說：「你問問它海牙常設仲裁法院裁決南海太平島是礁還是島？」

只見岩崎用手語發出問題，小差用手指在空中射出晶體屏顯示答案，寫：「礁。」

土肥說：「好。」他再問：「世界最大的礁是哪個？」

晶體屏顯示：「澳洲。」

「不對吧？」大家不約而同說。

土肥再問：「還有呢？」

小差不假思索射出答案來：「菲律賓。」

土肥再問多次：「還有……還有呢？」

小差給土肥這一問，像斷線風箏，胡亂起來射出不知所謂的答案：「台灣、海南島、新加坡、日本、英國……」它好像停不下來。

岩崎急忙輸入程式把它關掉。

山本問：「為什麼會這樣？」

岩崎尷尬地答：「歸根結底，它是機械人，我給它

輸入南海仲裁案裁決，它就依據這個裁決來發展行事程式的結果。幸好今天有這個發現，它對我的研究很有幫助。」

東條問：「什麼幫助？」

岩崎答：「我要撤走『指鹿為馬程式』，否則它的邏輯概念給打亂啦！」

東條說：「快做，你把小差帶回研究所。記着，你要好好打造川島芳子二號，不要出錯。」

岩崎答：「知道。」他再一次啟動小差，它就乖乖跟他離開。

其他人也陸續離開。

當周剛踏出門口時，侍從官請他留步，說東條還有話要跟他說。

侍從官引領周去到一間小客廳，內部設計精雅，日式裝修，但不是榻榻米，看來更像一般日本家庭裝飾。

東條站立起來歡迎周，說：「周公，剛才人多，有些說話不便問你，我邀請你吃個便飯，閒話家常，亦談談政事。」

周答：「東條大人，你令我受寵若驚。今天我能在此偷生，雖是命運安排，亦是大人寬宏大量，把我收留下來。」

東條說：「不用客氣，我們先喝杯酒。」

侍從官送上酒來，大家一飲而盡，氣氛融洽。

　　酒過三巡，東條仗着酒氣，問：「當今世上，霸主不言而喻，必是美國，歐洲諸國之君，都是泛泛之輩，能夠守着祖業不失，已是萬全之幸。可惜，禍起蕭牆，不請自來。周公，你看，百萬避禍逃荒難民，橫掃歐洲各國，怎得安寧。不要說什麼全球一體化，來個一禍化就真。單是這個難民潮，必從西影響至東，如果在這個時期，亞洲又發生戰事，必反復互為影響擴大，最終引發世界大戰。敢問周公意見，有話盡說，不用計較大家立場不同，更不用計較地位有異。剛才議事人眾，令你說話瞻前顧後，有所顧忌，今時你我二人，坦誠相對，有話直言。」

　　周亦喝了不少酒，酒氣亦濃，說話放開得多，不用戰戰兢兢，怕有得失，大膽說：「東條大人，不愧位極人臣，洞察力強，無人可及。現時的政局，是二戰後最兇險之時。兇險在美國無事生非，乾綱獨斷，看誰不順眼，就揮軍進犯，烽煙四起。美國不知仗着什麼道理，以為戰事一開，必引發資金竄流，乘機發財。現時歐洲國家大亂，亞洲新興國家亦多不穩定因素，這樣的局勢，資金無處可走，很多都返回美國老地。這些資金背後之大佬，多是金融大鱷，挾着大量資金，不會無所事事；

說不定，爾虞我詐，暗藏殺機，來個自相殘殺。但外人不要太高興，以為隔岸觀火，坐山觀虎鬥，最終必殃及池魚，無人倖免！」

正當雙方把酒言歡，論述世局之時，侍從官進來向東條耳語一番，東條頻頻點頭，最後打發侍從官離去。

東條說：「剛才侍從來說，特朗普當選美國總統，這個牛仔總統較之奧仔更難處理。」

周問：「剛才在議事廳，你不是說特朗普當選對日本更為有利，為什麼忽然又改變了看法？」

東條答：「剛才在群臣面前，不能扔出底牌，所以說什麼逆向思維來打發心中納悶之情。現在要面對現實，不能馬馬虎虎，視而不見，避而不談，做頭鴕鳥。阿三用了個傻丫頭當防衛相，實質拿她來做爛頭卒 [130]，來幹他的翻天覆地大動作，給日本來個大翻身就真。」

周聽後有點惆悵說：「家家有本難念的經！目前的形勢，中日交惡，其因有二，其一、中國經濟起飛，帶動軍事實力增強，免不了引起鄰國不安；其二、美國為了壓抑中國崛起，實行無中生有，無事生非，說什麼南海航行自由航行受到威脅，調動大量軍力、戰艦來東海、南海耀武揚威，趁機大賣特賣超級武器，美其名為增強友邦防衛能力，好像薩德飛彈防禦系統，價錢動不動就

普通話註釋：[130] 急先鋒

數十億美元，擺不了多少年又要更新高科技系統，舊的棄如敝屣，白白送錢給美國人用，除了益咗[131]嗰班軍火商，又增加區域不穩定性，令各國互相猜忌，美國坐收漁人之利。台灣更慘，因為兩岸不和，被美日利用，售給他們過時武器，得物無所用。日本亦借機找個理由更改憲法，把防衛軍升級為國防軍，就可以揮軍向外，重拾舊日風光。」

　　東條聽完周的囉嗦話，道：「周公，表面看來，有點道理，但內裡原因，非常複雜，不是三言兩語可以解釋。好像人民幣國際化，看似對日本沒甚影響，實則是生死存亡之爭。單以中國資源、人力已令日本吃不消。在一百年前，中國還是務農社會，更因軍閥割據，內戰等因素困擾下，都沒有被日本打敗。今日的中國，是核子大國，航天、航空技術大躍進，再加上近年經濟起飛，科技翻了幾番，不可同日而語。現在更大印人民幣做生意，加上產品價廉物美，舉個例子說，中國品牌『華為』手機，其性能已超越三星，直逼蘋果，但是價錢就便宜得多。其他手執牛耳的品牌，多不勝數；再加上一帶一路、人民幣國際化等戰略佈局，不要說日本被逼到冇碇企[132]，有朝一日中國必然取代美國地位，成為霸主，到時大局已定，什麼都做不來，後悔都來不及了！」

東條和周經過一場酒後吐真言的辯白，他們有點明白大家擔心的是怎麼回事——一字在於「妒」。

東條不服說：「日本人給人的印象是團結、守秩序、服從、有修養、衣着整齊、說話溫文有禮、不爭先恐後等等，都是令人尊敬的德行。但是我不明白為什麼一個這麼優秀的大和民族在關鍵時刻會敗給中華民族？天為什麼這樣虧待我們？我們沒有遼原廣闊的國境，黃土高原、沙漠、大草原、高山大川、氣勢澎湃的黃河、綿延數千里的長江、望而生畏的珠穆朗瑪峰。我們位處汪洋大海，是個孤島又時常發生地震。自明治維新後，日本已發奮圖強，勵精圖治，棄亞入歐為立國之本。二戰戰敗，令日本帝國蒙羞。全國人民，咬緊牙關，節衣縮食，不怕艱辛，不顧廉恥，推出七萬日本婦女當慰安婦，任由美軍魚肉，韜光養晦，為何事隔七十多年，還是要輸給中華民族，怎會甘心？周公呀，周公，你給我一個說法、給我一個說法！」

東條說完倒地嚎啕大哭。

周看見東條悲傷不已，亦流下同情的眼淚，他走過去把東條扶起來，讓他好好坐下。

周坐在東條的對面，向他說話，道：「東條大人所說甚是。今晚，我要向大人挖心窩，把我心底話掏出來。

普通話註釋：[131] 有利　　[132] 無處容身

今天你看見某些中國人行為丟人現眼，公眾場所大聲說話、不理會他人感受、不守秩序、排隊爭先恐後、食相令人作嘔，這樣的民族德行，令人望而生惡，為什麼他們反而能倒過重來，經過五、六十年時間，韜光養晦，勵精圖治，又能發展成為泱泱大國，過程中經歷很多鹹苦 [133]，才有今天的光景。他們倚仗什麼能有今天的成就？答案就是一個『仁』字，仁是佛教的慈悲心，有了這個慈悲心，不論他的外相如何難看，都能福澤後代；沒有這個『仁』字在心，無論外相如何穩重、有禮，都是披着羊皮的豺狼。恕我不敬冒犯，日本人就是缺了個『仁』字，沒有慈悲心、惻隱之心，如再與中華民族對壘，最終還是要敗下來。得罪、得罪！」

周續說：「中華民族，前當了四、五千年農民，是個地道土包子，後被迫做難民逃難近百年，鍛鍊了處變不驚的能耐，但又養成爭先恐後的壞習慣。」

東條問：「為什麼大和民族不能重新幹起來？」

周答道：「關鍵也是個『仁』字。」

東條不解問：「何以見得？」

周答：「請恕我直言不諱，我才說下去。」東條點頭表示同意。

周說：「日本人表裡不一，外看斯文，內兇殘。」

東條不服問：「舉個例子。」

周不假思索說：「南京大屠殺，就是個好例子，那些日本兵，慈悲心安在？」

東條聽完就說：「不要說那麼多，酒逢知己千杯少，來，我們多喝兩杯再講。」

話音剛落，侍從官已把酒奉上來，他們舉杯盡飲。

東條問：「中國可說是個文明古國，聖賢書籍，多不勝數；無論是政治、諸子百家、文學、詩詞歌賦、文藝、琴棋書畫、民間女紅工藝等等，都令人目不暇給，令人陶醉。為何這樣的文化大熔爐裏，還練不出一個得體的民族，令人費解。」

周打開半醉的眼看着東條，問：「你所指不……得體是……什麼意思？」

東條指指周說：「周公，剛才你說大和民族不是之處，你請我不要見怪。我亦說出我的見解，如有得罪中華民族，亦請你原諒。」

周說：「哪裡哪裡！」

東條答：「如我說話有得罪之處，大家扯平，打個和！」

周微微拱手為禮，表示有些不好意思。東條給周公添酒而周又給他添酒，大家一飲而盡，哈哈大笑！

普通話註釋：[133] 艱辛

東條說：「中華文化，源遠流長，中國最少都經過二、三千年文化的薰陶，應該鍛練出一個禮儀之邦，但事實不是如此，那些人性惡習就不說啦，為何那麼多人忘記了中華古聖賢說的話？」東條停下來好像要賣個關子。

周等得不耐煩，問：「什麼話？」

東條說：「孔子道：『己所不欲，勿施於人』，為何中國充斥那麼多假貨，有害食物，他們為什麼不聽孔子的訓導？」

這句話真的難倒周，他亦不甚了解為什麼有那麼多人幹那些傷天害理的勾當，但他又不能不作些辯解去無條件地接受批評。雖然喝了酒，他亦要慎重回答。

周深深抖了一口氣，說：「事實上，這些造假、毒食物是些無恥之徒幹的『好』事，他們為了多賺幾個錢，不顧法律道德，胡作非為，最終受到法律制裁。」

他稍微停一停，續說：「現時中國大陸瀰漫着一片古風，就是重執老祖宗留給我們的文化遺產，大家研讀四書五經，詩詞歌賦等，這些古籍文獻會喚醒一個民族回到知書識禮年代，假以時日，你們會見到處處都是彬彬有禮的中國人。反觀之，日本人追求『武士道精神』，這個遺風看來不大適合日本目前的環境。」

東條反駁說：「日本沒有追求武士道精神。日本追求現代化，高科技發展，希望能夠成為世界科技潮流前三名，不用唯美國馬首是瞻！」

他稍微停一停，說：「周公，今晚向你請教最後的問題——中日會否一戰？」

周問：「為什麼你有這個想法？」

東條答：「一八九四年甲午戰爭，會否重演？」

周答：「一百二十多年前的情況，與今日的形勢，不可同日而語。那個年代，列強因滿清積弱太深，都來欺負她，予取予攜。」

周續說：「在十九世紀沙皇尼古拉二世，從中俄邊境喬戈里峰跨越黑龍江、吉林兩省直達海參崴修建鐵路，名為『大清東省鐵路』，後改名為『中國東方鐵路』，簡稱『中東鐵路』。一九零零年，俄羅斯又借義和團事件，假借保護鐵路為名，出動十三萬五千多大軍，火炮三百二十八門，意圖侵佔東三省，屬侵華計劃一部分；套句廣東話俗語說：『要食大茶飯』[134]。列強英、美、日等國對此極度不滿，出面干涉，要求俄方撤兵。俄方抵不住列強壓力，迫於無奈，於一九零二年與滿清政府簽定《交收東三省條約》，定明俄方要在十八個月內全數撤離，交還鐵路，而滿清需要賠款。」

普通話註釋：[134] 幹大買賣

周喝了口茶，說：「俄羅斯心懷鬼胎並不履行條約，令英、美政府心中暗恨，出個陰招，煽動日本向俄動武。日本亦趁勢侵略朝鮮半島，來個一石二鳥策略。日本於一九零四年向俄宣戰，掀開驚天動地的旅順口攻擊，並入侵登陸仁川，隨後先打一場『仁川海戰』，由海上打到滿清國境旅順要塞。經過多番戰役，鴨綠江會戰、黃海海戰、蔚山海戰、旅順會戰、奉天會戰，迫到俄羅斯全軍撤退至哈爾濱，日本軍隊於一九零五年三月十日佔領奉天。」

　　周停一停，又說：「日、俄雙方因連場大戰，消耗甚大，暫且休戰歇息，保持對立狀態。俄羅斯等到俄軍波羅的海艦隊七個多月航行，於一九零五年五月到達日本近海，並於五月二十七日在對馬海峽與日本聯合艦隊交戰，日軍艦隊用了兩天時間徹底摧毀俄軍戰艦，俘虜俄軍司令官，而日軍聯合艦隊僅損失了三艘水雷艇，戰績輝煌，舉世震驚。俄國無奈由美國從中安排，於美國樸次茅斯海軍基地進行談判，最終達成《樸次茅斯條約》。按照條約規定，長春以南至旅順鐵路段長七百三十五里歸日本，改名為『南滿鐵路』，日本趁機掠奪遼東半島關東州，即山海關以東。設立關東軍前身之部隊，名為『滿鐵守備隊』。俄羅斯仍保存長春以北中東鐵路線，以『俄國東省鐵路公司』名義佔領鐵路兩

側數十里地帶，擁行政管理、司法管理和駐軍特權。這樣一個『國中之國』，是中國人的悲哀。」

周稍頓再說：「一九一九年，日本增強地方勢力作為侵華橋頭堡，在關東州成立關東都督府，設立民政部和陸軍部，統領日本所有駐軍，歸關東都督指揮；同年，在旅順口設關東軍司令部。一九三一年九月十八日，關東軍發動滿州事變，打開長達十四年的侵華序幕。」

周續說：「今天日本會不會為一個釣魚島向中國宣戰？答案是可能性極微。當日本防衛軍升格為國防軍後，就會發生與中國開戰的可能性，多數是被美國拖下水，戰場在南海，不是在東海。這個戰爭是抑制人民幣的發展，甚至希望一招把它打沉。不說你不知，香港有位官員，級別不高，與中國官員比較，頂多是個司級官員，但你不要小看他，他協助人民幣海外業務。」

東條問：「誰？」

周答：「不便明言，你自己猜測！」

東條聽完後，說：「今天聽君一席話，勝過坐擁雄師十萬，將來再邀請周公來聚；把酒言歡話當年，打開大窗說今天！」

東條說完給周來個大鞠躬，周亦回禮，雙方道別，兩人滿身酒氣，步履蹣跚，各自打道回府去。

九、疑雲陣陣

　　一個慰安婦，不幸懷孕，又不幸被人謀殺了，這個那麼多不幸的遭遇卻帶來令人感動的故事，了解戰爭殘酷之處，不單在於戰場上，更禍及平民老百姓。可憐的人民，不論是侵略國或被侵略國，都要為一場戰爭，付出沉重的代價。

　　今天衛安俊兒約了警官西城秀麗子見面，他一早就到了東京都千代區警視廳，《影報》記者山明小美子也被邀請一起來看衛安祖母禾田月光子的不幸事件檔案。

　　山明在警視廳外看見衛安，她遠遠向他揮手，衛安趕快跑過來，說：「不好意思，遲到了。」

　　山明回答：「不用客氣，天氣太冷，我們快進去警視廳找西城警官。」

　　衛安答：「好。」

　　他們進入警視廳後，向值日警官道明要找警備部西城警官。

　　沒多久，西城出來迎接他們，說：「你們來得剛好，我正在整理禾田月光子的檔案，請你們跟我來。」

　　西城領着他們到了一間小會議室，在會議枱上，放滿一盒盒的文件。

西城首先打開話題，說：「這些文件是我從不同的地方借調回來的，我已向上司申請重新展開調查這個案件，好給社會作個交代。」

西城給衛安和山明一人派發一張案情撮要，列明：受害者姓名、案發日期、地點、最先發現者姓名、當時負責此案的警官、死因、化驗報告、現場描述，包括屍體位置、兇器和疑兇資料等。

西城拿出一些照片給衛安和山明看，然後描述着照片和案情的關係。

首先，她展示一張排屋的照片，說：「這條街位於東京郊外小町園，是當時日本政府東京警視廳成立『特殊慰安設施協會（RAA）』其中一個慰安所。每個慰安婦每天接十五至六十個客，每次收費約十五日元，半包煙的價錢。她們沒有工作時會站在屋前等待客人光顧。根據當時查案的探長三船太郎的報告，禾田月光子沒有站出來等客，該名嫌犯狄大偉是熟客，自己登門找她。三船估計狄是看見禾田沒有客人就直接進入她的房間，後來三船找禾田的姊妹了解案情時證明這一點，狄大約停留十至十五分鐘就離開，狄來時好像喝醉了，步態不穩，進房前還撞倒一位客人，他們好像認識，沒有爭吵，還談了三兩句才離開。」

西城繼續引述探長三船太郎的報告：

命案發生在昭和二十一年十二月十四日，美國佔領軍登陸日本差不多一年半。案發在東京小町園慰安所，時間大約晚上九時至九時半，當時狄正好在房中，所以他是第一嫌犯。第一個發現命案的是女工小川蓮惠，她一般會在客人走後來清理房間，當她進入房時，看見禾田裸睡在床上，還好有一條小毛巾蓋着身體。

　　初時，小川不大為意發生了命案。當她嘗試叫禾田數聲，但沒有得到回應時，就走近看禾田，只見禾田雙眼打開，神態木訥，她好奇再走前看，就發現她已死了。這一看把小川嚇到半死，半跌半爬走出房門大叫：「禾田……沒啦；……；她死……啦！」跟着抱頭大哭！

　　後來，有人打電話報案，探長三船太郎帶同助手前來接辦此案。他到達案發現場時，立即進行拍照、搜證、審問證人等基本工作。

　　沒多久，驗屍官亦到場向屍體作出詳細檢驗、取證，包括抽取陰部殘留液體。驗屍官發現禾田手指甲上藏有抓下來的血液小乾塊，他小心翼翼把它刮出來，帶回檢驗所作進一步查證。

　　驗屍官後來向三船説：「估計禾田受害時間在三至五個小時內，死因是被人用枕頭焗至窒息而死。」

　　三船找不到可能焗死人的枕頭證物。他們取證完畢後，就把屍體運走。

三船作出初步調查總結，他認為狄大偉表面犯案證供成立，可以逮捕，他回去警視廳向檢察官申請拘捕令。

　　很可惜，檢察官松井若人告訴三船，日本政府沒有權力拘捕美國駐日軍人，因為他們有刑事豁免權，他會試圖聯絡美軍憲兵部安排三船去「詢問」狄。

　　松井説：「如果真的是狄謀殺禾田月光子，亦沒有辦法拘捕狄歸案受審，可能美軍會自行審查他。」

　　三船答道：「這個我明白，最低限度可以證明狄有否犯案，如果他真的是殺人兇手，而美軍亦願意審理此案，不管怎樣，算是給禾田一個交代，作為警察，心理上也好受一點。」

　　松井答：「就這樣吧，我去聯絡美軍憲兵部，看有什麼可做。如果有驗屍官報告時，大家再談。」經過松井多番交涉後，美國憲兵部允許三船提問狄，但不是審訊。

　　到了提問日，三船去到美軍憲兵部，憲兵聯絡官約翰中尉接見三船，並帶他到一個房間，看見狄已經坐在裡面。狄是個白人小伙子，年約二十五歲，態度溫文，有點害羞。

　　約翰説：「三船先生，你可以詢問大偉，他可以自主回不回答你的問題。你可以做筆記，但他不會在證供紙上加簽，我會全程陪同他，你可以放心，我不會影響

他的答話，請你開始。」三船向約翰點頭表示明白。

約翰安排狄面對面談話，三船問：「狄先生，你來了日本多久？」

狄望着約翰，他面無表情，狄等了一會，答：「六個月。」

三船問：「你之前認識禾田月光子嗎？」

狄答：「認識。」

「有多久？」

「五個多月。」

三船接着問：「這樣來說，你剛剛到日本，就去找她？」狄點頭。

「有沒有找其他女人？」狄搖頭。

「為什麼不找？」

狄低頭不語，過了片刻，再抬起頭，回答：「因為我喜歡她。」

三船從他的反應，知道至少到目前為止，他說的話是真的。

三船突然指着狄說：「你喜歡她，為什麼要殺她？」

三船這個突襲式的發問，令狄有點不知所措，他亦急急回答：「我沒有殺她。」

三船眼睛緊緊盯着狄，再發難，問：「你走後就有人發現她死了，不是你還有誰？」

狄表現痛苦，不回答三船，低頭沉思。

三船心想，只要我能擊破他的意志，就有機會知道真相，他的眼勢不饒人，令狄感覺害怕。

三船見狄不回答，改了副面孔，問：「狄先生，你可否說說當天的情況？」狄點頭表示同意。

三船說：「請開始吧。」他拿出筆記簿，寫了一些字，然後再向狄說：「請！」

狄稍微移動身體向前，說：「那天我飲了很多酒，很想見見禾田，到達慰安所時，看見禾田沒有客人，就急不及待走入她的房間，當時燈光很暗，感覺禾田好像睡着了，我顧不了那麼多，走去和她做愛，她好像很累，反應不佳。我做完愛後，就順手放下一張十美元在床邊，然後離開返回軍營睡覺。」

三船問：「你為什麼給禾田那麼多錢？」

狄答：「我知道她賺很少錢，又要帶個娃娃，所以多給了她一點錢。」

三船問：「你肯定有放下一張十美元鈔票？」

狄答：「一定有。」

三船問：「剛才你說你給她多點錢好帶娃娃。」

狄答：「很多人都知道她不幸懷孕，還要接客。」

三船問：「你只是她的客人，怎會知道那麼多事？你們私底下有無往來？」

狄看看約翰，他還是那個樣，沒有反應，狄無奈答：「有。」

　　三船心中盤算着，在案發現場和禾田月光子的私人財物內找不到一張十美元鈔票，女工小川蓮惠是第一個發現命案的證人，她沒有提及有美鈔一事，在他和她兩人之間，有一個人可能說謊，隱瞞事實。

　　三船稍微變變坐姿，說：「這是今天給你最後的問題，你可以答，亦可以不答，如果你答的話，你要告訴我你的血型。」

　　狄感覺迷惑，問：「為什麼你要知道我的血型？」

　　三船答：「與案情有關。」

　　狄重複三船的話：「與案情有關？」

　　三船答：「對。」然後三船緊緊盯着狄。

　　他答：「好，你問吧。」

　　三船問：「你和禾田做愛，有沒有用避孕套？」

　　狄思考片刻，答：「無。」

　　三船接着問：「那，你有射精嗎？」

　　這個問題令狄頗為尷尬，問：「可以不答嗎？」

　　三船說：「可以，但你的答案能夠幫助禾田沉冤得雪，你不是說你喜歡她嗎？」

　　狄想了一想，答：「有。」

三船接着問：「那你告訴我你的血型。」

狄立即回答：「A型。」

三船站起來説：「謝謝你，狄先生，你非常合作。」三船説完走向約翰中尉握手道別。

當三船正想離開時，狄走前兩步，説：「等等。」

三船停下來，問：「什麼事？」

狄給他一張照片，説：「這是我最近給她拍的照片，照片中，你可以看見遠處站着一個男人，偶然入了鏡。」

三船問：「你知道他是誰嗎？」

狄答：「不知道，但是禾田看見相片時説這個是衰人[135]。」

三船問：「衰人？好，謝謝你。」

約翰送三船離開時，告訴三船，説：「你不用再來找大衛了。」

三船問：「為什麼？」

約翰答：「明天他就回國去，他的事到此為止。」

三船錯愕，説：「哦！」

三船回到警視廳，立即派人找女工小川蓮惠回來盤問。

小川到時表現緊張，三船説：「不用怕，只要你沒做虧心事。」這句説話更令小川坐立不安。

普通話註釋：[135] 壞人

三船帶她去審問室，然後給小川看狄給他的照片，問：「禾田後面的男人你認識嗎？」

　　小川回答：「認識，他是千葉縣木更津市兒童收留所所長山葉武夫。」

　　三船問：「他時常來慰安所？」

　　小川答：「不是時常來，間中[136]來探望收留所的前所友。」

　　三船問：「你是指慰安婦？」她點頭表示同意。

　　三船問：「他看誰比較多？」

　　小川答：「他看得最多的是禾田。」

　　「他們在什麼地方見面？」

　　「通常都在禾田的房間。」

　　「你知道他們談什麼嗎？」

　　「我聽不到他們談什麼。但是很多時當山葉離開後，禾田都會哭。」

　　「哭，為什麼？」

　　「有一次我看見禾田哭，我安慰她不要哭，有什麼困難的問題，忍忍就過啦。她答：『這個不能忍。』我問：『什麼事不能忍？』她答：『他要把我的兒子帶回去，我拒絕，他就打我。』我問：『打你？』她沒有回答，剛好有客人到來，我就離開去幹活。」

三船問：「禾田為什麼來做慰安婦？」

小川答：「她是收留所送來的。」

「還有誰是收留所送來？」

「還有兩個，但是有一個去了另一間慰安所幹活。」

「留下來的叫什麼名字？」

「柳下小明子。」

「禾田出事那天，山葉有來找她嗎？」

「不知道。」

「不知道？」

「我看不見並不等於他沒有來。」

三船覺得小川這樣回答亦有道理，他續問：「她的兒子在哪？」

小川答：「我只知道娃娃放在她的親友家，住在千葉縣。」

「為什麼禾田不讓人知道她兒子的下落？」

「我想，禾田要保護他，怕有人來搶走他。」

「誰來搶他？」

「可能是山葉武夫。」

「對了，你剛才說柳下小明子也是禾田的舊所友？」小川點頭表示同意。

三船大叫一聲：「來人。」一名警察進入房間向三

普通話註釋：[136] 偶爾

船敬禮。

三船説：「你立即去慰安所帶柳下小明子回來。」

警員聽到命令後，敬禮説：「現在就辦！」説完就離開。

當警員離開後，三船站立起來，走到小川面前。他這個舉動令小川驚慌，口震震^[137]問：「你……想怎麼樣？」

「怎麼樣？你拿了禾田十美元，對嗎？」

「我沒有拿她的錢！」

「沒有？如果你不坦白，我就把你關起來！」

小川是個小村婦，經不起三船的威嚇，就慌起來，説：「不要關我，我還給你就是，好嗎？」

她不等三船回答，就從身上拿出一張十元美鈔，放在枱上，説：「錢在這，不要關我。」她眼睛看着三船，充滿淚水，狀甚可憐。

三船拿起那張鈔票，小心翼翼放在一個信封內，説：「這是物證，你不應拿走，它可以證明一個人有罪或者無罪，是多麼重要，你明白嗎？」小川聽到就不停點頭。

三船看見她本是善良平民，因一時貪念，就説：「好，我放過你，但如果有下次貪圖人家財物，我就不會饒你。」

小川站起來，說：「不敢、不敢。」

沒多久，警員帶柳下小明子到三船辦公室。

只見這個姑娘打扮入時，穿着性感，走路娜娜多姿，一進來眼尾都沒看三船一眼，就屁股一擺，坐在三船的書枱對面椅上。跟着拿出一包好彩香煙，抽出一支放嘴角邊，然後打開手袋，好像想找火柴用，可能是找不到，她好像不屑微微望了三船一眼，手指微彎指指，道：「有無火？」

三船看見她的態樣，本想訓斥她一頓，回心一想：何必呢？她是妓女，又怎會介懷她的言行舉止；想到這，他抽出一支火柴，往盒上一拉，給她點煙。

柳下深深吸了一口，往空中吐出一條像龍飛舞的白煙，問：「無人給客人送茶？」

三船被她這樣的態度一弄，一時按不住火，向柳下斥喝，道：「你當這是花街柳巷，這是堂堂正正的衙門，不容你囂張跋扈！」

她亦不甘示弱，柳眉橫豎，反唇相譏，說：「囂張跋扈，哪兒的話？是你無故把我找來，我正要去陪尊貴的客人去外事俱樂部消遣，你不要耽誤我的時間，否則警視廳長打個電話來要人，你吃不完兜着走，嘿！」

三船心想，不要與這樣人一般見識，說：「我們不

普通話註釋：[137] 結結巴巴

要嘮嘮叨叨，我問你，你知道就答，不知道就算。」

柳下見三船軟下來，心中自鳴得意，不可一世，懶洋洋說：「這還差不多。」

三船拿出照片給他看：「你認識這個男人嗎？」

她不看尤自可，一看火滾上頭來，說：「認得，化成灰都認得，他是收留所所長山葉武夫。」

三船問：「做乜咁大仇口[138]？」

她定一定神，眼濕濕說：「他賣我哋去幹慰安婦，臨走前，還說做雞不用留貞操，又話教我哋如何接客，就生吞活剝把我們一個個強姦了才送去慰安所。你說這個人是不是禽獸都不如？」

三船聽她吐出怨氣，從鄙視她們的工作變為同情她們的可憐遭遇，說話態度也親和很多，問：「你為什麼被送去收留所？」

「為什麼？還要問？東京大轟炸我成為死剩種[139]，有得去收留所已是不幸中的萬幸，你估[140]只有南京的婦女很慘，我們也好不了多少。」

三船問：「你為什麼特別講南京？」

柳下答：「你沒看《朝日新聞》，東京大審判不是審判嗰班甲級戰犯嗎？一個南京大屠殺就死了三十萬人，那有什麼出奇？一個原子彈來，我們都死了三幾十

萬人，傷殘無數，我們日本婦女的遭遇更慘絕人寰。中國、韓國、菲律賓婦女被外人迫做慰安婦，我們日本是自己人迫自己人，更令人難以接受，何況那些所謂尊貴的官員，做起事來無良心兼心狠手辣，當我哋唔係人。」

三船沒話可說，道：「我同情你們的遭遇，所以才那麼着緊[141]追查禾田月光子的案件。我想問你⋯⋯」

柳下問：「什麼事？」

三船說：「山葉是否時常來找禾田？」

柳下答：「有，不過初來時找我較多。」

「你們談什麼事，或者幹什麼？」

「他不會要我幹那回事，因為他嫌我們污濊，最多來找我同佢做下按摩、擦背，我想他找禾田都係咁多[142]，應該無事可幹。」

三船問：「你知不知道山葉強迫禾田交出她的娃娃？」

柳下答：「知道。」

三船追着問：「為什麼？」

柳下不耐煩地答：「她的娃娃可能是他的親生仔。」

「親生仔？」

「對呀，因為嗰衰人迫禾田來慰安所前，同佢發生關係，所以禾田來慰安所不夠九個多月，就生了個娃娃，

普通話註釋：[138] 為啥那麼大的仇恨　　[139] 孤兒　　[140] 以為
　　　　　　　[141] 認真　　[142] 都是差不多

唔係佢做的咁失德無陰功[143]嘅事，還有誰？」

三船問：「你有無見過佢個仔？」

柳下答：「有，是我幫手接生。」

三船驚奇地問：「你幫手執仔[144]？」

柳下無嘇神氣[145]說：「禾田真的好苦命，懷孕六、七個月還要接客。」

三船問：「大肚婆都有人攪？」

柳下誇張地說：「有……仲可以收貴啲，有啲變態人特別喜歡玩大肚婆。禾田說要賺多點錢去養娃娃。」

三船聽到這些說話，差不多要精神崩潰。他強忍着情緒，說：「禾田生咗個仔後怎麼樣？」

柳下又淚眼汪汪說：「禾田平日做事優柔寡斷，但對於這件事，她就頗費心思。」

三船追問：「怎麼着？」

柳下答：「她在神不知鬼不覺中安排一個女工在慰安所幹活，娃娃一出世，她交給這個女工連夜帶着娃娃逃走。幸好她有這樣的安排，第二天，山葉就派人來搶仔，嗰班兇殘打手，找不到娃娃就毒打她一頓。」

西城說到這裡，突然聽到衛安低聲飲泣，慌忙停下來，去安慰他，說：「不要傷心，我們暫且停一停，喝

杯茶再看下去。」他們一行三人走出警視廳在街上慢慢走。

衛安走出警視廳後，深深吸了一口冰涼空氣，感覺好了很多。

西城帶他們去飲杯咖啡，吃些小點，大家心情又恢復了平靜。

西城首先說話：「當警察時常會接觸到令人透不過氣的事情，有些相片更不堪入目。所以你們要有心理準備，不要太投入以至不能自拔，尤其是衛安君，這是你祖母的事，你當然挺上心，這是無可厚非，但當事實擺在眼前，而這個事實是事與願違的時候，你就要冷靜，不可衝動誤事，大家要切記，事實是改不了的。」衛安點頭表示明白。

山明說：「一路以來，我以為慰安婦只是一個政治問題，現在看來也是個社會問題。」

西城問：「為什麼你有這個想法？」

山明答：「慰安婦問題見報多是由外國抗議事件引發的，日本多是迴避，採取不理不睬態度，令國際關係緊張，影響國家形象。沒想到，國內慰安婦問題藏在民間深處，衛安君代祖母取回公道，只是冰山一角，很多人認為講它有失體面，不願說，又沒有人站出來，給她

普通話註釋：[143] 埋沒天良　[144] 接生　[145] 垂頭喪氣

們說些公道話，這樣的鴕鳥政策，最終會引發社會價值觀傾斜，不知在什麼地方爆發，產生社會問題，造成衝激，就更難收拾，這個不就是社會問題嗎？」

西城給衛安打氣，說：「命案發生在七十年前，很多涉案人士可能已去世了，我們鍥而不捨去尋找真相，好對死者有個交代，對社會也有個交代，不要重蹈覆轍去幹危害國家的行為。」

山明答：「現在的情況不容樂觀，日本政客為了個人利益，不惜犯大不韙去挑戰《日本國憲法》第二章，主要內容包括放棄戰爭、不維持武力、不擁有宣戰權，即一般人稱之為『和平憲法』。這些政客試圖用中國威脅論來打開修改憲法的缺口。他們認為打開這個缺口，日本就海闊天空，一雪戰敗心頭恨，報一箭之仇，這是多麼豪情壯志！」

衛安答：「這是什麼豪情壯志，將世界攪亂，打仗，再死多幾百萬人，甚至幾千萬人，就是豪情壯志嗎？真的是荒天下之大謬！我祖母就是犧牲品，死了那麼多人，還不夠，還要死多少人他們才滿足？」

西城趕忙安撫衛安，說：「我們這一代並不太了解七、八十年前發生什麼事，所以很容易被人利用。我們要多開通一些訊息渠道，散佈戰爭的可怕，才能令人有所警惕。如果你們沒事，我們再回去警視廳，趕快看完

檔案，定出一個工作計劃，儘快弄清來龍去脈。」

大家異口同聲說：「我們回去，加油！」

他們回到警視廳後，西城繼續引導衛安和山明檢視案情。

三船問：「山葉找不到娃娃，有沒有找禾田麻煩？」

柳下氣憤答：「這個衰人，不會放過禾田，他曾警告禾田，不交出娃娃，就要死。所以禾田很害怕，她不是害怕死，她是怕她的兒子遭災。」

三船不大理解，問：「這個小生命是不速之客，在最不適宜的地方、時間跑來這個世界，說得不好這是『孽』，為什麼禾田不惜代價，甚至搭上性命也要保護他？真費解，如果沒有他的存在，禾田不是能夠更好活下去嗎？」

柳下聽了三船說的話，真的要發火了，說：「你說的是不是人話？你知不知道一個女人；噢，不是，一個母親，對子女付出的愛是如何深，不管他如何走進母親身體裡，已是根連根、心連心，不管在任何情況下，母親都不會把他棄掉。禾田在懷孕期間，她說那份喜悅之心，不是筆墨可以形容。她告訴我，她感覺到那個小生命長大多一點，她就多一分喜悅，多一分希望。」

三船聽完後，嘆了一口氣，說：「柳下小姐，對不起，

我不應該說他是『孽』，我的意思是『包袱』，尤其是現時的情況，是多麼惡劣，帶個孩子真不容易。」

柳下見三船道歉，態度溫和了些，說：「禾田對我說，自從東京大轟炸，她已經沒有親人，這個新生命，就是她的唯一親人。我聽到她的話，也很窩心！」

突然之間，三船的電話鈴聲響起來，只見三船站立起來不停說：「係……她在，係……係……好，好，現在請她去，好。」

三船放下電話，嘆了口氣，說：「你可以走啦。」

柳下看見三船垂頭喪氣的樣子，真的樂極了，說：「我都說過不要小看我姑奶奶，是不是給廳長罵了一頓？」

三船答：「沒事。姑奶奶？你多大？」

柳下答：「剛剛十八歲。」

三船望着柳下說：「十八歲，不像啊！」

他大聲一叫：「來人。」

很快有位警員進來，三船說：「找輛車送柳下小姐去外事俱樂部。」

警員敬禮說：「知道。」

柳下站起來，看了三船一眼說：「你都係好人，有空來找我，我請你吃飯。」然後笑了一聲就跟着警員走。

今天是冬至，日本習俗吃南瓜，喝紅豆粥，泡柚子澡，說是會帶來好運。

驗屍官渡邊正本挑今天來見探長三船太郎並給他禾田的驗屍報告，說：「死者身上有多條不明顯瘀痕，原因可能是布條或繩索綑綁造成。但是，這都不是致命原因，禾田是因為窒息而死，現場沒有掙扎痕跡，手指甲頭刮出來的血塊是 O 型，而死者是 AB 型，估計他們是玩性虐遊戲，所以沒有打鬥，當禾田感覺不適想推開他時，用手去抓對方，把他抓傷。他亦不知道禾田呼吸困難，因為禾田被枕頭壓着，阻礙雙方視線，到發現時，已經太遲，返魂乏術。」

三船問：「你為什麼認為她是給枕頭焗死而不是被揑死？」

渡邊答：「她頸部沒有傷痕，鼻部發現棉布纖維和棉花，聚積需要一些時間才會形成。」

三船還是懷疑他這個推斷，說：「不對呀！棉花是給枕頭套包着，不會漏出來呢！」

渡邊答：「這個問題亦不難解釋。」

三船問：「怎麼樣？」

渡邊答：「如果枕頭套破爛，棉花就會漏出來。」

三船問：「如果案情推理是真的話，禾田是被人誤殺，誰造成誤殺呢？」

三船突然想起一個問題，急急問：「從禾田陰部取證的液體，有什麼結果？」

　　渡邊答：「有，發現兩個不同血型的精液，分別是O型和A型。」

　　三船問：「這樣來說，禾田在死之前與兩個人發生關係，其中一人是誤殺兇手，我已經找到A型血的可疑人，但找不到O型那個人。」

　　渡邊問：「你估計誰先誰後？」

　　三船答：「我認為O型先，A型後。」

　　渡邊問：「為什麼有這個猜想？」

　　三船答：「不是猜想，是證供。」

　　他續說：「女工看見他離開，然後進去禾田房間打掃，發現禾田死亡。」

　　渡邊問：「誰是他？」

　　三船答：「他是美國大兵，狄大偉，他告訴我他的血是A型。」

　　渡邊想了一想，說：「如果是真的話，太恐佈了！」

　　三船問：「你所指的恐怖是什麼意思？」

　　渡邊答：「禾田手指甲有O型血塊，而大兵是A型，很明顯不是他跟禾田玩性虐遊戲，大兵又是最後一個離開禾田房間，而他之前又和禾田發生關係，如果前者殺

死禾田，大兵就是姦屍。這樣⋯⋯是不是很恐怖呢？」

三船邊想邊說：「為什麼現場什麼證據都找不出來？」

渡邊想幫助三船去思考，說：「我幫你想想，我相信那個疑兇處事冷靜，細心；當事發後，他清理現場，把最重要的證物枕頭、繩索拿走，走的時候又不讓人發現，這樣的人，多是情治人員。」

三船拍案叫好，說：「一言驚醒夢中人，我查過，那個收留所所長原名『犬野太郎』，前關東軍、特高科科長，日本戰敗回國後，改名為『山葉武夫』，當個什麼收留所所長，如果他的血液是 O 型，他就是最大嫌疑犯。」

渡邊說：「特高科的人最喜歡搞些烏煙瘴氣場所，好收集情報，特別是美軍喜歡出沒的地方。好像有一次，所有美國大兵喜歡去的地方，鬼影都無隻[146]，水靜鵝飛，接着很快出來搞什麼演習，美軍陀槍實彈佈防，好像想打咁嘅陣勢。我阿媽係家附近看見咁嘅情景，慌失失[147]打電話來，問發生什麼事，我都無法回答她，實在真的不知道，後來無事就算啦。看來美軍不會像我們大日本皇軍，去到哪、殺到哪，最低限度到今天為止，美軍都無出來發狂，都算感恩！」

普通話註釋：[146] 看不見人影　[147] 急急忙忙

驗屍官渡邊離開後，三船立即起程去慰安所。

　　到達慰安所後，三船首先去接待處了解當日顧客的來往情況，職員野川義三來接待他並給他重看當日的顧客登記冊，有時間、收費等記錄下來。

　　三船在案發當天亦有看過登記冊，覺得沒有什麼不妥。今天重看紀錄，他特別留意狄大偉之前兩、三個顧客的名字、到達時間和離開時間等。

　　三船問野川：「這個大兵東尼達文是否常客？」

　　野川答：「是熟客。」

　　三船問：「常客和熟客有什麼分別？」

　　野川想了一想，答：「只是區別他們熟與不熟之分，那些時常都來的是常客，熟客是對我們較親和的客人，不一定來得多。」

　　三船再問：「好，當天達文來的時間與大兵狄有一小時的差距，期間沒有其他訪客嗎？」

　　野川答：「沒有。」

　　「你看見達文離開嗎？」

　　野川答：「看見，他離開時還與狄碰撞到。」

　　三船問：「不對呀，他們的時間差距一個多小時，怎麼可能碰上，是不是你的紀錄有錯？」

　　野川答：「沒有錯，我們記錄的是顧客離開阿姑房

間的時間。當天達文完事後去酒吧飲酒，他離開酒吧時就碰上狄。」

三船點頭説：「好，你知道他們認識嗎？」

「認識，他們是同一個部隊。」

三船再問：「現在達文有否再來？」

野川答：「達文和狄都沒有再來，聽説他們已隨部隊調回國了。」三船感覺有些沮喪，心想這條線索又斷了。

三船問：「你來這處工作多久？」

野川答：「來了差不多一年。」

三船追問：「以前幹哪一行？」

野川稍微停停，答：「做民防，解散後，就找到這份工。」

三船説：「唉！找工作不太容易。好，有哪位阿姑曾接待過達文？」

野川指指站在屋外一位女子説：「穿黃裙的就曾接待過達文，她的名字叫木村奈美。」

三船答：「好，我去找她。」

三船來到木村奈美面前，説：「木村君，我是三船探長，負責調查禾田月光子的兇殺案。」

木村感覺有些錯愕，問：「有什麼可以幫忙？」

三船答：「可以去你房間坐坐嗎？」

木村稍微猶豫，説：「好，請進來。」她説完就帶三船往房間去。

這間房的佈置與禾田差不多，一張床，一套茶几椅，房內有浴室，配有浴缸、廁所等基本設施。

三船坐在茶几椅上，木村站立不安，不敢坐下來。三船請她坐下來，説：「不要怕，我只是問問你們的工作和一位客人的情況。」

她點頭表示明白，跟着坐下來，緊緊看着三船。

三船問：「你認識東尼達文嗎？」

「認識。」

「你覺得他怎麼樣？」

「人挺不錯，又豪爽，給我很多小費，除了……」

「除了什麼？」

「除了有啲變態。」

「變態？」三船急急追問下去，説：「怎樣變態？」

「他喜歡把人綁起來做愛。」

「綁起來？用什麼來綁？」

「用浴袍帶。」

「浴袍帶？你拿給我看看。」

木村走去浴室拿出兩件浴袍，腰間有一條長長的腰帶。

三船拿來一看，二話不說，就走出房間，急步去禾田的房間。

　　三船剛想進入禾田房間時，看見女工小川在屋外打掃，他揮手招她過來。

　　三船這個舉動令小川非常驚慌，走到三船跟前向他深深鞠躬，不敢抬起頭來。

　　三船不管她的反應，問：「禾田間房有人用嗎？」

　　小川誠惶誠恐，答：「空着，沒人敢用。」

　　「你打開房門給我看。」

　　她答：「我打開門給你進去，我不敢進。」

　　「為什麼？」

　　「我怕鬼。」

　　「怕鬼？」

　　「有人深夜聽到禾田嗚嗚地哭，很恐怖。」

　　「好，你打開房門，我自己進去。」

　　三船進入房間後，感覺內部沒有什麼變動就急步走向浴室，看見兩件浴袍還是掛在原位，他小心拿起浴袍來細看腰帶，發覺腰帶有很明顯的扭動痕跡。這些痕跡產生在頭尾兩段，可能因為打結時產生；再觀察浴袍，整齊乾淨，沒有穿着過的痕跡。初步推論是有人只拿腰帶來用，用完後就放回浴袍去。三船看完後，小心翼翼把兩件浴袍包起帶走。

回到警視廳後，三船打電話給渡邊告訴他已找到性虐用的布條證物。很可惜，依據他最新調查的推理，禾田的死因與用布條虐待她的人無關，她是遭受另外一人所害，而嫌疑人最有可能是山葉武夫。

　　沒多久，渡邊來到警視廳找三船深入研究禾田的案件，他亦同意三船的推理，山葉極可能就是殺害禾田的兇手，動機是他要奪回親生仔。

　　渡邊說：「這個人碰不得。」

　　三船問：「為什麼？」

　　渡邊嘆口氣說：「這個人的背景太硬，與皇室的關係千絲萬縷。」

　　三船答：「我只知道他是前關東軍，特高科科長。」

　　渡邊說：「單是這一點就已碰不得，更何況他是長州藩士兒玉源太郎麾下猛將的後人。」

　　三船聽到渡邊說的話嚇得打開嘴巴不能說話，過了一會，結結巴巴地問：「你說的是陸軍大臣、台灣總督，曾經打過甲午戰爭、日俄戰爭、征討德川幕府的功臣長州藩士家族的兒玉源太郎麾下將領後人？」

　　渡邊說：「正是。」他接著說：「這些人惹不得，對嗎？」

　　三船想了一會，答：「現在時勢不一樣，日本戰敗投降，接受美國軍管，這些勢力，會不會弱下來？」

渡邊答：「表面看是，實際情況不一樣。」

三船問：「你有何高見？」

渡邊答：「美國人愛裝腔作勢，實質是隻紙老虎，無知之輩，美國的勢力遲早會被擠出日本去，他們根本不是我們的對手。」

三船看來好像聽不明，問：「何以見得？」

渡邊答：「日本不是亡於美國軍事力量，是亡於天、亡於時、亡於太急進！」

三船問：「你説了那麼多個『亡於』，歸根結底是一個貪字，貪勝不知輸、貪字變貧。」

渡邊再嘆口氣説：「二戰期間，日本已擁有原子彈技術，只是欠缺一個試爆場地，否則，歷史會改寫。」

三船附和答：「這個我也聽聞過。有謠言説有些激進派人士曾經提出搬個核子反應堆去四川附近引爆，順便收拾中國蔣幫在西南的軍隊，來個一石二鳥。」

渡邊伸伸條胭説：「幸好老天不讓日本人瘋狂下去，否則不死多一億人，都有半億啦！」

三船答：「我們還是言歸正傳。」

渡邊問：「你想怎麼樣？」

三船答：「還是那句話，明知山有虎，偏向虎山行。」

渡邊明白三船的心思，關心説：「我送你也是一句話。」

三船好奇地問：「什麼話？」

渡邊微微笑着答：「老虎屁股摸不得。」

三船好像很有信心，回答：「摸不得，都要摸摸。」

渡邊無可奈何說：「你要小心點！」

今年日本的聖誕節還是美國人慶祝多過日本人，滿街滿巷都充滿着美國大兵拖着大和婦女，喝到爛醉如泥，還唱什麼「平安夜、聖善夜」。他們真是平安大吉，我們日本人就做到喘氣。真係有咁耐風流，就有咁耐折墮[148]。想起當年大日本皇軍的威水史，和今天的失魂落魄相比較，真的喊得一句句[149]。唉，往事如煙，怎樣都好，今年的氣氛較之兩年多前，美軍初臨大和民族國土時好得多。

大清早，三船已到了山葉在長州藩大津郡三隅町的祖家，這個地方是著名溫泉區，山明水秀，出了很多大人物。山葉家族亦算是名門望族，在三隅町無人不識。山葉住的是古老日式建築物，面積不太大，但很雅致，有日式園藝花草樹木，配合流水小池，今天又有微雪飄飄，別有意境。

有個老工人問三船來意，沒多久，山葉穿着和服出來跟他見面。

三船看見山葉，來個先禮後兵，說：「山葉君，不好意思來打擾你。」

山葉是什麼人物，見慣大場面，對一個探長來問話，小菜一碟，答：「什麼打擾不打擾？」

三船說：「咁，我就不客氣跟你直說。」

山葉答：「要問就問。」

三船清清喉嚨說：「禾田月光子被人殺害，經過刑偵調查，知道她曾住在你管理的收留所，她去當慰安婦前，曾與你發生關係，亦因此懷孕。後來你知道她生了個男嬰，就要求她把男嬰交回給你，她不同意，你就毆打她。」

山葉閉着眼睛聽三船說話，沒有回應。

三船續說：「今年的萬聖節，你再去找禾田月光子，重提舊事，因不得要領，互相爭執，衝突起來，禾田被你用枕頭焗死。」

山葉打開眼睛，緊緊盯着三船，細聲問：「有沒有人證？」

三船答：「有人證。」

山葉問：「有人看見我案發當天去找禾田？」

三船答：「沒有，我意思是說之前你曾去找她。」

山葉問：「你當了多少年差？」

普通話註釋：[148] 享多少福，就遭多少罪　　[149] 哭得挺淒酸

三船想想，答：「差不多二十年。」

山葉乾咳一聲，説：「你沒有人證，有沒有物證呢？」

三船望着山葉答：「還沒有找到殺人用的枕頭。」

山葉哈哈大笑：「估唔到一個像你當了二十年的老差骨[150]，行事如此魯莽、不專業；無人證、物證就胡亂找個人説他是涉嫌殺人。如果不是我父親與警視廳廳長是同學，份屬世交，我就對你不客氣了。」

山葉説完，指指大門，大聲説：「你現在給我滾！」山葉不客氣下逐客令。

三船還想問下去，説：「你還沒回答我的問題。」

山葉答：「一派胡言，何須回答？」

三船不服氣説：「如果你的血是O型，你就是兇手。」

山葉再指指大門，説：「滾⋯⋯！」

三船無嘜神氣[151]回到警視廳打電話給渡邊説：「我今早去找山葉，給他罵了一通！」

渡邊答：「你是自取其辱。」

三船答：「我直接指控他是殺人兇手，看他的反應。」

渡邊問：「如何呢？」

三船答：「他假裝怒不可遏，表示無辜。」

渡邊問：「你的結論呢？」

三船無奈答道：「我更肯定他是兇手。我會在報告上寫下這個結論。」

渡邊問：「為什麼那麼早就下結論，你不再查下去嗎？」

三船不安地答：「看來很快我就給上司責罰，還論查下去？」

渡邊問：「為什麼你有這個想法？」

三船答：「山葉的父親與警視廳廳長是同學。」

渡邊問：「你後悔嗎？」

三船反問：「後悔什麼？後悔去查他嗎？」

渡邊答：「對。」

三船答：「沒有，當警察要有正義，不會懼怕權貴。」

渡邊答：「說得好，易地而處，我都會做。你要珍重！」

三船答：「珍重！」

沒多久，三船接到調職通告，調去交通刑事調查組當組長，明升暗降。

普通話註釋：[150] 老幹探　[151] 沒精打彩

十、誰是真兇？

　　大家看完案情報告後，西城說：「自此之後，沒有人再理會這件案，不了了之！」

　　衛安好像被這些檔案嚇壞了，不知所措。事實上，他覺得自己較之前堅強得多。開始時，他的思維是遵從父親的遺願，盡快把祖母的骨灰撒在靖國神社花園內。他從沒想過因為這個行動，令他可以打開家族之謎，真不可思議！

　　西城向山明說：「你出去飲杯咖啡，我有事要與衛安商量。」

　　山明答：「好，你們慢慢談。」她說完就離開。

　　衛安表現不安，有點惆悵。這個世界最會作弄人，像這件事情，我能夠知道自己的身世，是多好的事，但這個世上這樣親的人可能就是殺害祖母的兇手，多矛盾。

　　西城問：「你有沒有祖母給你父親的遺書？」

　　衛安答：「有，但沒有攜帶在身。」

　　西城再問：「你記得內容嗎？」

　　「記得，祖母說只要父親把她的骨灰送往靖國神社就知道他的身世。不知是什麼原因，父親沒有做，他死

前要我完成這件事。現在我明白，送祖母骨灰去靖國神社，會引起公眾注意，再引發警視廳出來干涉，冥冥之中讓我有機會翻看祖母的案情；咁，就知道原因了，亦知道誰是我的祖父。這算不算是天意呢？」

西城說：「這件事還沒了結。」

「為什麼？還要查下去嗎？我看，不用了吧？如果我確定是他殺了祖母，我會傷心難過。」

西城答：「只要你願意行多一步，你就明白啦。」

衛安被西城弄糊塗了，說：「你想我怎麼樣呢？」

西城眼睛緊緊盯着衛安，令他不安。

衛安說：「你不要這樣看我，只要不犯法，你想我幹什麼我就幹什麼。」

西城答：「好，你不要反口不承認。還有，今天的事，不能向任何人說，尤其是山明。」衛安點頭同意。

西城說：「我要給你驗血。」

衛安聽西城這樣一說，心慌慌說：「不成，你要來幹嘛？」

西城說：「你承諾不會反口，為什麼不遵守諾言？」

「這個……這個……」

「不要說這個、那個，我抽你的血是用來驗基因。」

「你指驗 DNA ？」衛安問：「為什麼？」

他續說：「你是用來確認我是山葉的孫子，不認也

罷，就算他來認我，我也不會認他。」

西城想了一想，說：「你去驗基因，不單是理清你和山葉武夫的關係，還有更重要的事去處理。今天，因為你知道你祖母的死因，影響你對祖父的觀感；不，不要太早確認山葉和你的關係。如果你不去尋個究竟，這個問題必定留存在你心中，揮之不去，又何苦呢？你祖母處心積慮，留下遺願吩咐你父親去神社撒骨灰，就是要讓你父親打開他的身世之謎，亦即是你的身世。若你不走這一步，令你祖母心願落空，你拿什麼以慰她於九泉之下？這是大不孝，不要因一時之氣，成千古之恨！」

衛安聽完西城一番話，心想：「驗基因就驗基因，認不認他是由我決定，不是由基因報告決定。」想到這，他說：「來吧，驗！」

西城說：「好。」

西城拿起電話叫鑑證科同事進來給衛安抽血，沒多久，有位警員進來完成抽血後向西城說：「三天後有結果，包括與山葉武夫的對比。」

西城說：「謝謝你，你把報告直接給我，這屬於絕密報告，要加密處理。」

他說：「明白。」然後給西城敬禮後離開小會談室。

鑑證科警員離開後，西城向衛安說：「上星期我參加東京警官周年晚會，很幸運，抽到兩張新宿華盛頓酒

店大除夕夜晚餐餐券，如果你沒有其他事情，我邀請你一起去慶祝新年來臨。」

西城說完後，顯現少女溫純的眼神望着衛安，這個眼神傳遞一個不可抗拒的訊息，令他無可抗拒，只有點頭表示同意。

衛安問：「我們在什麼地方見面？」

西城答：「除夕夜晚上七時，我們在華盛頓酒店大堂見。」

「好，到時見。」

西城看看手錶，說：「看來山明已回來警署，在外面等你，你們可以離開。記着，不要告訴山明今天談的事。」

「好。」

當衛安準備離開的時候，西城說：「等等，你也不要告知山明我們的約會。」

衛安的反應看起來不大自然，只說了一個字：「哦！」就頭也不回地離開房間。

當他到達候客室，看見山明，心情頓然開朗，細心問：「等了很久嗎？」

山明答：「剛剛回來。」

衛安說：「有時間嗎？我們找個地方吃點東西。」

「好。」山明答道，於是他們一起離開警視廳。

西城站在遠處看到這個情景，心中暗想衛安與山明是不是情侶呢？莫名的，她感覺有些不舒坦。

突然，有人叫她，她回頭一看，原來是她的上司，特別調查科科長松板玄二。他揮手示意她過去他的辦公室，順手把門關上。

松板問：「你跟衛安的案件，進展如何？」

西城望望松板說：「我差不多可以下定論，衛安是『世子』。」

松板聽到「世子」兩個字，立即阻止西城說下去，說：「隔牆有耳。」

他跟着說：「要小心，否則功虧一簣。」他續說：「衛安的血液樣本已送給自己人分析，明天有結果。如果證明屬實，他的代號就是『大少』。這個紀錄只有三個人知道，你、我和醫官，你收到報告後，要小心保存。我已下達指令，不會把這份檢驗報告存入電子檔案裡。」

松板又說：「萬事小心為上。」

西城答：「我明白，不用擔心。」她說完就離開。

衛安離開警視廳後向山明說了一句話：「這是什麼世界？」

山明不明衛安的意思，說：「什麼世界？你是不是說這個世界不公平？」

衛安邊行邊說：「不公平是一部份；我說的是從歷史來看，戰爭帶來災難，為什麼還要製造戰爭？」

山明說：「上世紀六十年代，美國年青人因為厭倦越戰，舉行抗議示威、音樂會等集體活動向政府說不要戰爭。沒多久美軍在越南被打敗了。很可惜，轉眼間好像又把戰敗的慘痛忘記了。過去五、六十年，你看世界發生了多場戰爭。雖然不是世界大戰，引起的災難亦不小。」

他們這樣東說說，西說說，不知不覺來到一家名為「神田 Matsuya」蕎麥麵專門店。衛安說：「這間店經營超過一百年多，父親時常帶我來，吃慣了，每月最少也來幫襯[152]一兩次。」

他們各自點了不同的蕎麥麵和一些飲品，食物很快送上來，他們邊吃邊談，衛安的心情好了很多，他說：「你看過我祖母的案情，覺得怎麼樣？」

山明答：「你祖母死得很慘，最大的可疑人是山葉武夫，他還在世。」

衛安驚訝地問：「還沒死？」

山明答：「還沒有，但改名換姓。」

「改了什麼姓名？」

「松下正義，他的兒子是國會議員松下盛文，在東

普通話註釋：[152] 光顧

京算是有頭有臉的家族。」

衛安問：「他們家還有其他人嗎？」

「松下盛文只有一個女兒，名松下活娃。」

衛安微微抓了一下頭，說：「松下活娃？這個名字，有點怪怪，但很熟，一時想不起來。」

山明答：「她是網絡紅人，歌唱、跳舞都很炫，現在她更從網絡跳到舞台上，明年復活節期間將在日本新國立劇場演出《興與亡》舞台劇。」

衛安問：「這個劇說什麼故事？」

山明答：「我也知道的不多，好像是說德川幕府興亡史。」

山明突然想起一些事情，向衛安說：「衛安，你是主修戲劇，他們正在招募演員，如有興趣，你去試試，順便從旁了解松下正義的底細。」

衛安輕佻地回答：「我才不稀罕知道他的底細，不過我倒真的挺希望能有演出機會，可以的話，我會去試試。」

山明答：「好，吃完飯後，你來我家，我幫你網上報名。」

「方便嗎？」

「方便，我一個人住。」

「好，我結帳就去。」

「你看多少，我們一人一半。」

「不用，我請你。」

衛安與山明離開神田蕎麥麵店，乘三田線地下鐵往山明居所。山明住池袋住宅公寓，近池袋西口公園，附近環境清靜，適合專業人士、小家庭居住。

山明居所在二樓約二十五坪，一廳一房，浴室、開放式廚房等，落地玻璃窗望向公園，令人心曠神怡。大廳擺設，像個工作室多於住所，長長的工作枱上，放了兩部電腦、配件和一座微型燈聲影控制台。天花頂裝有擴音器、射燈，地下放有攝影傘燈，靠牆角有一套長梳化和小茶几，又放一些小植物、小擺設，牆壁上掛有她的攝影作品和她設計的海報，令人感覺工作環境中注入生活元素。

山明到家後，說：「你等等，我去換套便服。」衛安點點頭。

沒多久，只見山明換上一套棉質白長袍，外加一件灰色短衫，樸素不失少女風采，很飄逸！

衛安看山明一眼，不禁讚道：「你不愧為網絡記者，工作設備齊全，可以做很多網絡創作，包括微電影。」

衛安誇她的話山明很受落，笑着說：「現在的網絡

人，要自力更生，多器材，才可抓緊工作，很多後期工作，包括剪片、音樂、聲帶、配音、字幕都要自己做。」

　　衛安好奇問：「你用哪些軟件做前後期製作？」

　　山明答：「音樂製作、錄音用 Pro Tools，剪片、相片、字幕等，用 Adobe Photoshop、Premiere Pro 等。」

　　衛安聽山明說解，忍不住又誇她說：「你很專業，真是真人不露相。」

　　山明說：「時間不多，我給你沖杯咖啡，我們邊喝邊工作，好嗎？」

　　衛安答：「你去弄咖啡，我自己上網看。」

　　山明打開電腦後去弄飲品，回來時已見衛安在瀏覽《興與亡》舞台劇網頁。

　　山明把咖啡放在枱上說：「飲杯咖啡先。」跟着說：「你給我看看網頁。」

　　衛安答：「你坐在我身旁，我們一起看。」

《興與亡》舞台劇招聘演員廣告
劇目推介：
興亡誰屬，取自陰陽，陰盛陽衰，陽盛陰減！
普天下之過客、家運、國運，受陽照則興，被
陰蓋則亡。

時代背景：

幕府年代，群雄逐鹿爭霸，最終決戰於兩大幕府，「德川家康」對「豐臣秀吉」。德川家康勝，獲天皇封為第一代征夷大將軍；豐臣敗，被迫簽城下之盟，填平護城河溝，大阪成為無險可守的裸城，換來暫且偷安。這個格局，剛好是陰陽各處一方，但亦不會持續太久。一年後，豐臣家再戰德川幕府不敵被滅了。

家康三子秀忠（第二代將軍）其後一統各方勢力，成為實質當權者，置皇命於腦後不顧，閉關鎖國，換來大和民族二百五十年平安日子。

劇情：

江戶幕府第十五代將軍德川慶喜，經過著名江戶幕府戊辰戰爭，明治新政府打敗江戶幕府勢力，引致幕府亡、天皇興。究其因由，乃慶喜給人下蠱，引致神志不清、忠奸不分、行事無度，最終藩士叛逆被天皇滅掉；應了喪邦之君豐臣秀賴陰陽師（日本神道）的話，云：「江戶藩士多陰險，必有一天害主人。」正是成也藩士，敗也藩士！劇情如何發展，留待演出日分解。

提交：

有興趣者，請上網提交履歷、照片、劇照、造
形相片或 MV 等往下列網址。

山明看完網頁後，向衛安說：「我來做導演兼攝影
師，給你拍攝不同的劇情影帶。你從門口開始漫步進入
大廳，每走五步就稍微停停，等候我的指令。」

衛安聽到山明的拍攝計劃，很興奮，有說不出的快
感，他問：「你給我什麼指令？」

山明故作神秘說：「一早講出來，就沒有真實感，
失了真，不好！」

山明指指門口示意衛安走過去，然後持攝錄機在他
面前移動攝錄。

她突然說：「你給人打荷包 [153]，做戲。」

衛安因為山明的指令，不知所措，頭不期然四處
望。

他看着山明很洩氣地說：「又話五步才給我指令，
為什麼不到四步就來，我都無心理準備。」

山明看見衛安不安的樣子，覺得很好笑，答：「如
果你真的在街上給人打荷包，會有預告嗎？」

她續說：「你的反應也差不多，我把你後面說話的

部分刪掉，再做配音就可以用。」山明打個手勢示意衛安再繼續。

衛安上過一次當，表現小心得多。

山明看見他的動作生硬，突然叫停，跟着說：「你個樣硬生生[154]，不自然，影來都唔好看。」

山明跟着說：「開鏡。」

衛安經山明一說，表現好了許多，漫步中散發男性魅力，他的舉止不知不覺間令山明也墮入迷幻世界，衝口而出：「你看見你的愛人。」

這句話不出尤自可，一出好像魔咒朝衛安飛去，把衛安心底話翻出來，作出真誠表現；這個情景漸漸進入鏡頭內，直至……直至山明的紅唇緊緊貼上衛安的嘴巴，攝錄機掉在了地上，在火山爆發的一刻，令兩人不知人間何世！

他倆經過深情熱吻，頓然明白互有傾慕之心，但又不知如何表達，各自藏在心裡。

山明眉眼稍開，從嘴邊把話說出來，道：「你不可見異思遷、對我不忠，否則我饒不了你。」

衛安答：「我一見你就傾心，但不知你是否另有愛人，所以沒有表達出來，我對你的愛終生不移！」好一對山盟海誓互定終生！

普通話註釋：[153] 偷錢包　[154] 看起來硬梆梆

山明說：「你不要躲懶，我要趕快給你拍照報名。」

衛安捨不得山明，說：「讓我多抱你三十秒，我不想你在我懷中那麼快消失。」

山明感動地說：「不要爭一朝一夕！」說完再在衛安臉上一吻，說：「你想我給你拍什麼造型照？」

衛安說：「你有什麼提議？」

山明故作神秘，說：「你不要問，在完成前不准偷看，你要依足我的話去做，願不願意？」

衛安答：「願意，百分之百願意！」

「好，你先去洗個澡，洗完後，只穿內衣，外套一件白長袍，我已把它放在浴室內，等你出來我來幫你化妝。」

沒多久，衛安從浴室走出來，表現尚可，還會開玩笑，問：「你是不是要把我化成殭屍？」

「你說呢？」山明續說：「我先給你化眼妝，然後給你戴上眼罩。」

「為什麼要我戴眼罩？」

「我怕你偷看。」

「我應承[155]你，絕不偷看。」

「好，一言為定。」衛安就這樣任由山明擺佈。

衛安感覺山明在他面部擦脂抹粉，戴假髮，在長袍

上加上衣服。衛安就這樣讓山明左弄右弄，過了大約半個小時，山明站起來，拍手掌嘆息說：「太美了……太美了！」

衛安問：「我什麼時候可以看？」

山明答：「我先給你移開眼罩再給你戴上太陽眼鏡，跟着我會幫你擺 pose，然後幫你照相，整個過程你不能打開眼睛看，你要證明你的誠信就不能偷看。」

衛安誠懇地說：「不用擔心。」

直到山明說：「你可以移開太陽眼鏡。」

當衛安移開太陽眼鏡時，看見山明圍着他身旁轉動，用相機給他拍照，他再看看自己身上穿的，大叫一聲：「我的天！」跟着就倒在地上，好像給嚇暈了。

山明立即停止拍照，慌忙走過來問：「怎麼樣？」

衛安一個翻身把山明壓在地上，山明立即推開他，說：「我弄了半天幫你設計這樣美的造型，才不夠一分鐘，就給你弄散了，我還沒拍完照片呢！」衛安立即站起來向山明賠不是。

山明見衛安道歉，說：「我饒你這一次。你過來，我給你好好整理，拍完這輯照片再說。」衛安真的很合作，任由山明擺佈。

沒多久，山明說：「大功告成，你去浴室卸妝，然

普通話註釋：[155] 答應

後出來看。」

「好！」

當衛安從浴室出來時，看見廳燈熄了，只見在半張長枱上，鋪上一塊紅白格仔布，上面放了一座點着了的燭台，散發出柔和的燭光和芬芳的香味，照耀着這個小小的角落。枱上平排放了兩套西餐餐具、水杯、酒杯，旁邊放了一瓶冰凍的白酒。

衛安不相信自己的眼睛，感動得淚盈滿眶，問：「今天是什麼日子，有這樣浪漫的安排？」

山明溫柔地回答：「你坐在我身旁，先來喝杯酒。」

山明慢慢為衛安倒酒，說：「為我們的重遇舉杯！」

「重遇？我們什麼時候曾見過？」

山明答：「夢中。」

「夢中？」

「Yes, you're my dream lover!」

「好，為 dream lover 舉杯！」他倆一飲而盡。

山明用搖控器啟動掛在牆上的 LED 屏，說：「我給你看你的造型照，多美。我已配上音樂，一張一張閃現出來給你看。」

衛安屏息靜氣看着 LED 屏，只見一張張搖曳多姿的美少女相片在屏幕出現，衛安看到目瞪口呆，看了很久

才吐出一句話：「這真的是我？不是你的特技作品？」

山明答：「真的是你，我都不相信自己的眼睛，你比女仔更女仔，太美麗，令我妒忌！」

看完照片秀後，山明拿出食物來和衛安一起享用。

衛安感覺事有蹺蹊，問：「今天是什麼日子？為什麼那麼湊巧？事情都像預先安排好的，不是偶然？」

山明拖着衛安的手去到冰箱旁說：「你把蛋糕拿出來。」

當衛安打冰箱時，看見有個生日蛋糕，寫上山明的名字，衛安驚喜說：「原來今天是你生日，怪不得！為什麼不早跟我講，讓我來幫手。」

「幫手，不需要，我只需要知道你愛不愛我就足夠了。今天，我有了答案。還是那句話……」

「什麼話？」

「你不可移情別戀，令我心碎！」

「今天是你生日，不要說洩氣話，我們一起唱生日歌，切蛋糕。」

「來吧！」

吃完蛋糕，山明說：「我已把今天做的照片、MV、造型照等上傳到了雲端，你把你的履歷一起提交就可以，我看很快你就有機會去試鏡了。」

衛安很感激地說：「我上網提交就回家去，過兩天

我來找你。」

山明答：「好的。西城警官有無約你？」

衛安心虛地答：「約⋯⋯我，為什麼約我？」

「約你去警視廳，還有其他事嗎？」

「無⋯⋯無！」

「咁，快啲上網提交。」

「好，我立即做。」

今晚大除夕夜，衛安依約來到新宿華盛頓酒店大堂，他穿了一套黑色禮服，白色襯衫，但沒有結上領帶，天氣寒冷，加多一件大衣。他站在大堂角落，可以清楚看見入口大門。

沒多久，西城進來，她看見衛安，一邊走一邊揮手。衛安平常見到西城都是穿着警察制服，今晚的西城穿着西服，半高跟鞋，化了一個不太濃的妝，令人有親切感。

她向衛安微微鞠躬說：「對不起，大除夕出來活動的人較多，車多路塞，所以遲來。」

衛安答：「沒關係，我也是剛剛到，我們可以進去嗎？」

「可以。」西城很自然把手穿過衛安手臂挽着走。開始時，衛安感覺不太習慣，過了一會，就自然得多。

他們進入大舞廳前，先把大衣放衣帽間寄存。

侍應引領他們坐好，給他們上酒。西城特別訂了一瓶法國瑪高二零零八年紅酒。

　　衛安問：「這瓶紅酒看來用了不少錢？」

　　西城答：「今晚的餐券送一瓶紅酒，我補一點錢就換上一瓶較好的酒來慶祝新年來臨，亦預祝你新生活開始。」

　　衛安不太明白，問：「什麼新生活開始？」

　　西城溫柔地答：「我們飲杯酒先。」

　　「好，乾杯！」

　　侍應給衛安看餐單，冷盤前菜是魚子醬，侍應說魚子醬來自伊朗里海野生鱘魚魚卵，特別名貴；另外有法國生蠔，白菌忌廉湯；主菜是著名的神戶牛柳配黑松露；甜品要預訂，西城提議梳乎厘。

　　衛安點頭，說：「今晚的消費很高，不是我們打工仔可以負擔得來。」

　　西城說：「今晚是我請客，不要想太多。來，再乾多一杯。」

　　「好，乾。」

　　他們兩人大杯大杯喝，心情也隨之亢奮起來。

　　晚餐完畢，音樂漸趨強勁，西城與衛安翩翩飛舞，享受歡樂美景。

　　一舞既畢，回到座位，西城又叫了一瓶美酒，他們

又大啖大啖喝，西城可能受了酒精影響，眼定定[156]看着衛安，大膽說：「你我姻緣前生定、今生今世不能分！」

這番說話，嚇得衛安半醒，酒意減少，急起來問：「什麼今生今世？唔係呀嘛[157]？」

西城醉眼半開，問：「你不喜歡我嗎？」

衛安結結巴巴說：「喜……啊，不……不是喜歡不喜歡，我從來沒有想過，什麼姻緣前生定？」

西城看見衛安不安，覺得很好笑，忍不住笑出來，說：「我剛才說的是台詞。」

「什麼台詞？」

西城答：「一齣舞台劇的台詞，動人嗎？」

衛安急着問：「哪一齣舞台劇？」

西城答：「《興與亡》。」

衛安嘆了一口氣，說：「剛才被你嚇個半死！」

西城反過來問：「我很難看嗎？」

「不，很美！」

「那，為什麼不愛我？」

「吓？」

「定啲嚟[158]，又是台詞。好啦，言歸正傳，說說你的事。」

「我的事？」

西城答：「有關你的身世。」她說完就從手袋拿出一份報告給衛安看，內容簡單，寫：「經基因比對，茲證實血液吻合『A君』，亦吻合『A家族』；『A2』是嫡系成員。」

衛安看完報告，明知故問：「A君是誰？A2是否指我？那麼A家族是指哪個家族？」

西城答：「A君就是你祖父，A2當然是你，A家族來頭很大，讓你祖父親口告訴你。」

衛安說：「我不去見他。」

西城答：「你不去見他，可能就沒有機會再見。他年紀太大，或者很快就不久人世，到時你後悔也太遲。」

衛安想了一下，說：「我們可以離開這裡嗎？我不能一心二用。」

「你不等除夕倒數嗎？」

「本來是，但是……」話音未落，突然傳來短訊：「親愛的，你在哪？大除夕不來陪我度過？」

衛安收到這個短訊後，說：「我們出去走走，然後才決定。」

「好，聽你的。」

他倆離開酒店在街上行，時間大約十一時。衛安不

普通話註釋：[156] 含情脈脈　　[157] 攪什麼鬼　　[158] 不要躁

大自然地說：「我看還是改天去見他，我們喝了不少酒，這個樣子去見他，不太好。」

西城想想，說：「我們明天早上去，十時在新宿西駅等你。」

「好，明天見。」西城走前熱情地擁抱着衛安，給他熱烈一吻。

在大除夕街上，多是一雙一對，這樣的鏡頭，多的是，誰人理會？不過，在不遠但隱閉的小角落，有個人拿起攝錄機把這個情景攝錄下來。這個人是誰？有什麼目的？

正當他們熱吻期間，衛安又收到山明傳來的短訊，寫：「很想你，速來。」

衛安推開西城說：「我坐地下鐵離開，明天新宿西駅十時見。」衛安說完就離開，急急朝地下鐵方向走去。

衛安離開時，有一輛豐田皇冠私家車駛至，駕車者是西城的上司松板玄二，松板揮手呼喚西城上車，直接問：「今天的情況怎麼樣？」

西城答：「我給他看基因報告，他沒有過激表現，只是不大願意見他祖父，後來經我勸告後改變了態度，約定明天去見他。」

「好，我送你回家。」在回家途中，松板好像在沉思中，過了一會，說：「你不要感情用事。」

西城對松板的說話並不感到意外，說：「我的家族與德川家族素有姻親關係，我的太祖姑姑是德川慶喜奧女中。最近母親去找陰陽師占卜問我的姻緣，回覆是：『姻緣前生定，郎君自德川』，這是多麼巧合？」

　　松板沒精打采說：「想不到一位在二十一世紀受過現代教育、專業培訓的女警官，會相信鬼神之說。我想反問你一句話，如果衛安不是你心儀的人，你會動情嗎？」

　　「當然不會。」

　　松板說：「這不就是感情用事嗎？」

　　西城答：「我還沒動情，是按本子辦事。」

　　松板把車停在路邊說：「什麼按本子辦事？本子要你當街熱吻嗎？」

　　西城聽到後，滿臉通紅說：「你不道德，在我背後監視我，我會把公事幹好，其他的你不要摻和，是我與他的事，與外人無關。」

　　松板說：「我沒有派人監視你，亦不會管你的私事，但如果事情發展影響到計劃，我就不得不管。」西城無奈，眼睛充滿淚水。

　　松板說：「少女情懷總是詩；好，我贈你兩句中國話。」

　　「什麼話？」

「神女有心，襄王無夢！」

這兩句話真的刺痛了她的心，她強忍着淚，說：「不要多說話，送我回家，明天還有要事去幹。」

松板沒有回答，駕車轉了兩三個街口，已到達西城的家。

當她正想打開車門離開時，松板開口說話：「明天你們去見松下正義時，記得帶手槍。」西城本想問為什麼，她稍微停頓想想，就點頭表示明白。

當她到家後，正要在開門，大門被打開了，見到她母親站着，說了一句：「回來了。」 西城沒有答話。

西城母親看見她眼有淚痕，不禁擔心，問：「發生了什麼事？是不是跟那個德川小伙子鬧翻了？」

「媽……沒事！」

「沒事？有空你帶他來給我看看，是否好人一個？」

西城放下大衣、手袋，捉着她母親的手說：「你偷聽我與上司的通話，知道我們調查德川家族的事；你不要來亂套，不要亂來，知道嗎？」

西城母親好像理直氣壯地回答，說：「什麼亂套、亂來？命運是改不了的！」

西城沒精打采走回房中，關上門，倒在床上大哭起來，這樣一哭，不知不覺就睡着了。

十一、再訪神社

　　衛安回覆短訊給山明，寫：「親愛的，立即來，三十分鐘到。」他回覆後立即跳上地下鐵朝池袋方向去，途中收到山明給他的『☺☺』卡通圖案，真的甜在心中，恨不得有對翼立即飛到山明家。

　　衛安到達後，按門鐘，只見山明穿着白色喱士布長袍，披上桃紅色喀什米爾羊毛披肩。

　　當衛安掛上大衣、外套後，立即被山明從正面用這塊大披肩像漁翁撒網般牢牢把衛安扣住，跟着他們熱吻起來。在情意正濃之際，山明突然推開衛安說：「你喝了酒？」

　　衛安支吾以對，就在這一剎那間，山明發現衛安白襯衫上留有一個唇印。這個發現，像火山爆發般厲害；只見山明揮手一揚，順勢拉動披肩，連人帶披肩一緊一鬆，把衛安拋離像斷線風箏在空中飄浮後墜下，狠狠摔在地上。

　　山明看在眼裡，擔心衛安可能受傷，但又不願意輕輕放過他，刻意不去理睬。

　　雙方僵持不下，大家不知如何是好，突然聽到遠處傳來十二響鐘聲，跟着看見明亮煙花射向長空，像流星

般飛逝。這個情景令這對小情人知道新年來臨，他們不計前嫌，立即相擁在一起，狂吻起來。

衛安顧不了那麼多，像隻豺狼去吞噬一隻善良的小白兔，把山明的衣服脫光，一個赤裸裸像白玉雕刻塑像般的美人呈現在他的眼簾下，任其擺布，他奮力把身體壓在山明身體上。

就在這千鈞一刻之際，山明推推衛安，說：「你再多進一步，就會奪走我的貞操，我沒有意見；但是，如果將來有一天你對我不忠，就只有一個結局。」

衛安感覺不安，問：「什麼結局？」

山明毫不猶豫說：「死！」這一個字像一壺冷水當頭淋下，打掉了他的慾望。

他眼睛看着山明的眼睛，嘴巴貼着山明的嘴巴，胡亂地說：「如果你不問情由把我弄死，我不就死得很冤枉？」

山明認真回答：「咁，在所難免？你現在還來得及。」

就在這一刻，山明的手機突然傳出短訊鈴聲，她拿來一看，慌忙站立起來，說：「有事要做，我立即出去。」

她這個站立姿勢，太誘惑人，衛安想上前去擁抱她，被她推開說：「我是記者，有事發生，立即要去，你來陪我。」

衛安沒她辦法，只有說：「好。」

他們兩人穿回衣服，急急往公寓旁停車場走去。

在取車途中，衛安問：「為什麼那麼急？」

山明答：「有人看見在靖國神社附近有間空屋，鬼火重重，間中 [159] 聽到哭泣聲，非常恐怖，新聞部要我立即去查個明白，你跟着我做記者見習生採訪鬼新聞，怕不怕？」

「不怕。」山明在衛安臉上一吻，不經意又看到衛安白襯衫上的唇印，她狠狠望了衛安一眼。

她的眼神令衛安很不自然，心中不期然暗想她的話：「移情別戀就要死。」想到這，不禁有點恐懼感，不再想下去。

他們很快到達停車場，山明開啟她的摩托車，戴上頭盔，她亦給衛安戴上頭盔，跟着風馳電掣飛快朝靖國神社駛去。

衛安從後緊緊抱着山明的身軀，聞到她身上幽香的氣息，雙手不知不覺往上推，山明叫了一聲，說：「不可以這樣，我要開車。」

衛安聽到把手縮回到她的小蠻腰上，不再亂來。

沒多久，他們來到目的地，山明把摩托車停在離目

的地約五、六百米的地方，然後躡手躡腳走過去。

山明說：「你幫我拿着相機和電子器材，跟着我走。」只見衛安亦步亦趨跟着山明，像小學生跟着老師走般，很好笑！

山明在離小屋約一百米的一棵大樹下架起電子攝錄器材，有多個鏡頭和收音咪，其中一個鏡頭可以自動左右擺動，接着她拿出一個掌控電腦來，輸入密碼後，同時設置多個程式，用以攝錄周邊情況。

衛安問：「你這套設備很先進，從哪買回來？」

她答：「這是中國牌子『華達』電子產品，用最新的『魂端』科技，可以追蹤到靈魂的動向，甚至把它攝錄下來，現在還沒有在市場上公開銷售。」

衛安問：「你這個是山寨貨，還是盜版貨？」

山明答：「是原裝正版。不要問那麼多，我給你一個分機，你可以看到活動情況。如果你看到紅的影像，是人的熱能，你可轉動看實景，如果你看到綠色的影像，是鬼的熱能，要用量子力學計算它的重量，是 10 負 1000 次方再乘系數，才有結果，普通程式測試不到它們存在，而我的工具是應用魂端技術就可以察覺到它們，要轉換影像還有一段距離，你明白嗎？」衛安傻傻搖頭表示不明白。

普通話註釋：[159] 偶爾

山明說：「明不明白不重要。等會我用密宗靈異咒語與鬼魂對話，你千萬不要打擾我，危急時記着向我大叫『瑪里瑪里嗎』直至我醒過來，記着。」

衞安問：「我怎知道你有問題？」

山明答：「你……你看見我倒地，口吐白沫就是有麻煩，那就要快念咒語。」

衞安再問：「如果我念得不好，怎麼辦？」

山明看着衞安，撒嬌地說：「如果你念得不好，我就回不來。」

衞安聽到口震震，說：「你……你可唔可以唔去……同啲鬼講話呀？」

山明看見衞安如此關心她，芳心大慰，錫了他一大啖[160]，說：「不要擔心，照着做就行。」

今晚月黑風高，屋舍外圍沒有路燈，在屋前有個小水池，旁邊種有小樹，秋過冬葉落；地上置油燈一盞，小管滴滴流水入水池，偶爾寒風陣陣，陰火閃閃，夾雜飢餓冬鳥，悲鳴覓食，顧左望右，低飛徘徊，說不出人間淒涼景象，看不見陰域辛酸氣息，不禁令人搖頭輕嘆，人間何世！

山明看見衞安呆望呆想，拍他一下，說：「幹嘛？」

衛安從胡思亂想中醒來，說：「沒事，只覺這裡陰風陣陣，不寒而慄。」

山明答：「這個地方聚集上萬陰魂，所以寒氣極重。你不用怕，我給你一道護身符，保你平安。」

山明說完後，開始做法事，念念有詞，然後從工作袋拿出一些米，撒向空中，再拿出一張黃紙，上面畫上各式各樣的符咒，又拿出三支香，點着後，朝四個方位參拜，拜完後就在黃紙中心用香燒出九個香窿，然後把香插在地上，黃紙符咒點火燒掉。接着山明坐在地上，作出一個來自密教的「九會壇城」，即「靈鏢統洽解心裂齊禪」，手印分為臨、兵、鬥、者、皆、陣、列、在、前，完了打坐入定。

衛安看見這個情形，非常擔心，但又不敢打擾山明，怕給她造成傷害。

他眼睛緊緊盯着山明，拿着掌控電腦分機的手不停顫動，視屏上面看不到什麼。突然間，他發現在左上角有三點紅光，他急忙轉為視像制式，發現是三隻烏鴉低空飛翔，跟着他轉回熱能感應後，望望山明，沒有什麼異狀，就安心多了。

這樣無無聊聊過了約十多分鐘後，在視屏中央看見一點浮游綠光，心中暗道：「死啦！唔通有鬼出現？」

普通話註釋：[160] 給他一個熱吻

他轉向視像制式，見到綠影在水池上，但見不到樣子，他再朝水池看，隱約間看見一個人頭在水面漂浮，拖着長長的頭髮，眼睛凸出，甚是恐怖，他害怕得要命，但又不敢作聲，唯有閉上眼睛，蜷起身體，不停顫抖！

那邊廂，山明靈魂出竅，前往空屋。到了屋前，她看見一個鬼魂，慌忙躲在樹後，怎知唔覺意 [161] 又碰上另一個鬼魂，迫於無奈，唯有硬着頭皮和它們打招呼。

山明問：「聽你們的口音，不像是日本人，你們是……？」

它們不等山明問下去，就趕着回答，說：「我們是中國人。」

山明奇怪地問：「中國人？什麼時候來日本？」

「來了七、八十年。」

「七、八十年？太平洋戰爭時期來？」

「對呀，我們兩兄弟從中國被強擄來東京，在八幡製鐵所幹活，美軍大轟炸東京時把命搭上。」

「請問貴姓？」

「我姓高名大超，他是我弟弟，名小超；一般人稱呼我大超，他小超。」

小超想走近山明身旁，不知何故，被彈到地上。他

口震震指着山明說：「你……你不是鬼，是人，你……怎麼來到陰間的？」

山明說：「你們不用怕，怪不得有人說『人怕鬼三分，鬼怕人七分』。」

大超說：「你來幹啥？」

山明答：「我是《網報》記者，來訪問鬼新聞。」

小超問：「你怎樣走來地下世界？」

山明答：「這是複雜問題，簡單來說，我用法術令靈魂出竅，走入陰間。」

大超答：「你這樣做，要有『保護傘』，以免被鬼發覺。我們兄弟倆可以幫你減少陽氣，就可以過骨[162]。」

山明問：「怎樣減？」

大超問：「你帶有什麼東西？」

山明想想，說：「我帶了一個布袋，裡面有一枝毛筆和墨硯。」

大超問：「你拿來幹啥？」

山明答：「用來畫符咒。」

小超不明問：「畫什麼符咒？如何畫？」

山明答：「我畫的符咒可以幫我對抗陰靈傷害，亦可以用來作法。可以畫在手中，抓緊拳頭向外擲，就是掌心雷；亦可以在空中畫、地上畫，做成各式各樣的防

普通話註釋：[161] 不小心　　[162] 扛過去

禦和攻擊的利器，效力非常大。」

大超答：「你讓我們隱藏在墨硯內，就可以幫你減少陽氣，陰靈會當你是同類，記着不可以跟它們握手，因為這樣你的陽氣就會洩漏出來，好像剛才我們不知道你是人類，但我們初初還是有感覺到你與我們有所不同，但又說不出來，直至小超碰到你，被你的陽氣彈倒落地，才肯定你是來自陽間。」

山明高興地說：「很好，你們快快隱身躲在墨硯內。」

大超說：「你打開袋口，我們就可以鑽入墨硯內，帶着我們行動，可以給你打掩護和提示。」

山明高興說：「好，來吧！」

山明走近一間大屋，感覺到陰風陣陣，袋子裡面的大超說：「你不要從正門靠近大屋，要繞到屋後進入，那裡沒有鬼兵守衛。」

山明驚訝地問：「鬼兵？為什麼有鬼兵？誰的鬼兵？」

小超搭嘴說：「是東條英機的鬼兵。」

山明更不解，說：「東條英機還在嗎？」

小超答：「在，他的大本營就是在這附近。」

小超想再說話卻被大超揮手阻止，說：「你講到一

嘵嘵 [163]，我來講。」

小超無嚟神氣 [164] 說：「大佬，你成日 [165] 話我無出息，我都想表現下自己啫！」

大超答：「形勢緊迫，每分每秒都不能損失，我們幫人就要幫到底，不要浪費時間。係喎，未知小姐芳名？」

山明答：「我是山明小美子。」

小超又來說話：「這個名字真好聽，人如其名，姑娘長得真美！」

大超趕緊阻止小超繼續說下去：「不要插嘴，等我向山明姑娘講完正經事先，好嗎？」

大超繼續說：「靖國神社是日本國精英歸宿所在地，有二百多萬之眾，自從二戰戰犯安奉在內，天皇就再沒有前來拜祭，只有一些政客來行下 [166]，令眾多英魂不滿。東條英機趁機倚仗關東軍鬼兵在附近設立大本營，揭竿起義，說什麼報仇雪恨，趕美打中，成為超級強國。」

山明不明，問：「什麼是趕美打中？」

大超答：「趕美，就是軍事、經濟力量趕緊追上美國，打中就是要打敗中國，成為地區霸主。」

山明說：「這不就是軍國主義，死灰復燃嗎？」

普通話註釋：[163] 斷斷續續　[164] 垂頭喪氣　[165] 整天
[166] 串門

誰是真兇？　169

小超又開口了，說：「對。」

山明問：「怎麼辦？」

大超答：「東條英機領教過美國的厲害，不敢貿然出兵，他的策略是配合美國主導的『亞太再平衡戰略』來打亂中國的發展，必要時，進行干擾性的軍事行動，令中國人寢食不安，先崩潰於貨幣戰爭，繼而經濟大幅下滑，再由周邊國家用明搶暗奪的策略來蠶食中國領土，再在中國大陸製造爭端、分裂，烽煙四起，疲於奔命，最終乞降於美日軍事壓力下，俯首稱臣，讓出大量經濟利益，任人魚肉，這樣的策略就勝過派出百萬大軍去爭城掠地，所以日本首相安倍晉三說的『不會戰爭』的說話是語言藝術，他是這門學問的大師，靠三寸不爛之舌，決勝千里之外！」

山明越聽越糊塗，問：「你講來講去都是陽間事務，怎會與東條英機扯上關係？」

小超急忙來答：「這個是偷天換日的概念，東條英機要移動天機來配合地運，否則天機不配，不管地運再強都要敗下來，如二戰般付出沉重代價。」

山明點頭說：「你這樣講我就明白了，你講的天機是人民力量。俗語有云：『天時、地利、人和』這六字箴言最終歸於人和，這就是天機嗎？」

這回輪到大小超聽不明白了，大超說：「不要說那

麼多，我們已到了大屋後院，看來真的沒有鬼兵把守，我們可以進去探個究竟。」

山明說：「慢着！裡面是什麼人？幹什麼事？」

小超問：「你不知道發生什麼事還敢跑來？」

山明答：「有人向報社說這裡鬼火重重，所以來了解情況，怎知碰上你們兄弟倆，都算是異數！」

小超接着說：「辦完這個新聞採訪，你要幫我倆返回中國，我們的靈魂才能安息。」

山明答：「可以，怎樣幫？」

小超答：「你找到我們的物件，給我們依附，然後託人帶回中國廣東省江門安葬，我們就可以入土為安。」

山明面有難色地說：「找人送你們回中國不難，找尋你們的物件就難得多，不知從何入手？」

大超說：「我們先辦好山明的事再說。」山明點頭表示同意。

大超說：「想來你應該記得去年萬聖節在靖國神社外發生的事，有位年輕小伙子要給他祖母在靖國神社撒骨灰一事。」山明心中有數，點頭表示知情。

大超續說：「小伙子來的前幾天，亦來了十萬八萬二戰枉死陰魂來討公道，由三笠宮崇仁親王率領，津野田知重指揮行動，事件搞到很大，東條英機不得不出來應對，事後雙方各讓一步，約定每兩周商談一次。經過

多次會談後，東條開出的條件是由日本政府撥地興建平民神社，選址近京都清水寺山嶺，津野田知重和陰魂代表同意這個安排。但不知何故，東條英機忽然改變初衷，提出進入平民神社安身要由它的班子來審批，這個建議當然不會獲得接納，反對方發出最後通牒，如果不解決這個問題，將發動二百萬陰靈示威，這必定引起人神共憤，影響日本國運。」

那邊廂，東條英機亦狠了心，用鬼火把它們燒光燒淨，所以大屋外圍已部署了兩個鬼火戰鬥營，約八百名鬼兵，隨時聽命行動。

山明抱着懷疑的眼神望着布袋內的大超、小超，它們像個手指般長的小人，挺趣怪。

她問：「你怎樣知道那麼多的細節？」

大超見山明這樣一問，想了一會，說：「好，我告訴你，但你要保密。」

山明說：「如果屬實情，我答應絕不洩露新聞的來源，這是我們新聞工作從業者的操守。」

大超答：「好，我的消息來自在關東軍工作的老鄉。他在日軍佔領東三省時，被強擄入伍，還娶了一個日本媳婦，改名日本姓，生了一個孩子，孩子又生了孫子，戰敗後，跟隨家人來日本。老鄉死後再被東條英機徵召

入伍，當個炊事班頭目，在一個偶然的機會，它提供飲食給鬼兵將領享用時，唔覺意 [167] 聽到這個行動綱領，它知道我時常跟着班冤魂出入，怕我出事，通知我今晚要遠離它們。」

山明續問：「咁，你為什麼還要來，不怕再死一次嗎？」

大超答：「生死由天定，多行不義必自斃。我不能看見那麼多善良陰靈再被陷害，想來通知它們躲避，怎知遇上你這個善心人，答應拯救我們兄弟倆返鄉入土為安，有你和我們同心合力，必能救助這班可憐鬼，不要遭受奸鬼所害，這是天道，邪不能勝正！」

大超突然降低聲調，說：「快，找個地方躲起來，我感應到有幾個鬼兵朝我們方位前來，快快！」

山明亦聽到有沉重士兵步操聲從左方九點鐘方位傳來，她立即躲在樹叢堆內，盡量隱藏身體不被發現。這個巡邏隊，由六名士兵組成，其中一名是班長，不時發出口號。時值寒冬，它們都穿上大衣，長長軍靴，頭戴蓋耳關東軍軍帽，背上長槍刺刀，與七、八十年前的關東軍沒太大分別，只是各人面容冰冷，步操時腳跟不着地，令人望而生畏，它們步操前進，沒有停下來。

當它們遠離後，大超說：「好彩 [168]，我們沒有被

普通話註釋：[167] 剛好　[168] 幸好

鬼兵發現，否則麻煩就大啦！」

他接着說：「我計算過時間，它們每十五分鐘就回來一次，我們趁此空檔進入屋內查看。山明姑娘，你要小心呀！」就這樣，山明走進這間屋的內苑。

走進內苑後，山明頓覺屋苑內外是兩個世界，屋內燈光柔和，百花爭艷，真是美不勝收。

大超急忙提示山明，說：「鮮花不能碰，這都是迷離幻影，看得久，很容易被它奪去心智，淪為傀儡，受其控制。你要速往會議廳，途中看見任何活動的人，實質是鬼，你要當它們是人，它就會當你是自己人。走路時腳跟不要着地，說話聲音壓低一點，面孔冰冷，只有三分神。今晚的口令是『元旦圓圓』，你要答『新春申申』，大家會互祝『平安大吉』，就表明是自己人，可以繼續向前行。明白嗎？」

山明說：「明白。」

大超再指示，說：「你不要害怕，放膽去幹！」

山明依據大超指示步行前往會議廳，途中遇到幾個面孔冰冷的女侍，她就按照大超的指示做過了關。

到了會議廳前，有一位中年女侍領班大聲喝問她口令後，問：「你是哪裡送來的女侍，為什麼不穿着女侍袍？」

這個領班不等山明回答就急急給她一件女侍服，要她穿上，說：「你去茶房幫忙送茶給開會人士，快！」

山明把聲音壓低說：「遵命。」山明離開後暗自慶幸沒被識破，趕快往茶房取茶。

有位看似是高級女侍見山明進來取茶，就特別吩咐她，說：「你送茶給東條大人，並在旁侍候他看有什麼需要。」山明點頭表示明白。

她離開時聽到高級女侍向另一位女侍說：「現代的女仔得個靚字[169]，不識做事，又不與人溝通，好像嗰位靚女咁，話都唔講一句，都唔知佢想點[170]。」

另一位女侍問：「咁，你又叫佢送茶給東條大人？」

「東條大人喜歡年輕靚女，唔通[171]搵你去送咩？」

「咁又係。」

山明看見一位坐在會議枱左邊中央的長官，估計他是東條英機，就給他送上茶。

東條望了她一眼，看見是個靚女，想用手摸佢，山明立即避開，害怕洩露陽間身分。

東條向她笑笑說：「不用咁緊張。好，你站在一旁。」

山明答：「遵命。」

就在這時，東條對面枱的談判對手津野田知重不耐

普通話註釋：[169] 只有美貌　[170] 不知他想怎麼樣　[171] 難道

煩說：「東條英機，我們都接受不在東京建平民神社接受供奉，已是一大讓步，現在又提出去平民神社要經過你們審批，這個條件我們絕不能接受，我已給你發出最後通牒，今晚談不好就不要再談，大不了來個大示威、大對抗，玉石俱焚！」

東條慢條斯理，說：「津野君，幾十年性格還是一樣，談判要有耐性、包容，不要事事用強硬態度來表達。你要明白，政府要免費給予土地，又要他們出資來建設，他們不管才怪，你想想！」

津野答：「想想什麼？」

東條說：「如果你們有人出錢修建神社，你們就可以自主，否則你想怎麼樣就怎麼樣？」

津野氣憤說：「我們不談。」

他轉向他的同僚說：「我們走。」

正當他們想起身離開時，有一隊鬼兵荷槍實彈進來攔截他們離開。

東條笑容滿面地站起來說：「我是奉天皇之命來給予你們安撫；一是接受我們審批，二是政府出地，你們自資修建。」

津野說：「如果我們反對呢？」

東條答：「如果你們不識抬舉，就恕我不客氣，立即把你們逮捕關押起來，直到你們同意為止。」

津野怒吼說：「咁即係有強權、無天理！」

東條揮手指示鬼兵拘捕他們，情況非常混亂。

就在這一刻，有人拋擲物件到會議枱中間，發生爆炸。

東條大聲喝問：「誰人擲手榴彈？」

東條回頭用凌厲眼神盯着山明說：「是你？」

話音剛落，山明拿起毛筆在掌心再畫符咒，跟着擲向鬼兵，這次爆炸威力大得多，令幾個鬼兵倒地不起。

山明大叫：「跑，快跑！」一大伙陰魂向外散去，山明亦三步併作兩步，拼命向外跑。

大小超亦從布袋跳出來，跟着山明跑。

大超大叫：「山明小姐，快快拿出墨硯來，畫個符咒阻止鬼兵追來。」

山明答：「無用，因為沒有水。」

小超說：「用口水。」

山明心想小超都很聰明，她沒答話就急急從袋子拿出墨硯來，吐了一大唥口水，用毛筆點墨，在地上畫上一個火符，然後用口一吹，火焰隨生。山明接着在空中畫了個風符，把手一揮，只見狂風吹來，把火球吹向鬼兵，燒到它們魂飛魄散，哭聲震天。

津野和其他談判代表亦趁機逃走，無影無蹤。

山明收回毛筆和墨硯，正想離開時，不知從何處飛

來一條繩索，套在山明頸上，她拼命拉住繩索圈，不斷大口大口呼吸，但是繩索圈被拉得越來越緊，令她呼吸越來越困難……她……她不知如何是好！

衛安全神貫注看着山明。突然間，他看見山明倒地，口吐白沫，知道她遇險，急忙念咒：「瑪里瑪里空……空……空……」衛安這樣念來念去都沒有效果，仍見山明呼吸越來越困難，看來很快就不行了。

衛安自責說：「我可能念錯了咒語，所以山明不能清醒過來。」

他顧不了那麼多，用自己的方法去救山明。他給山明嘴對嘴做人工呼吸，把空氣吹入山明口內，再用手掌給她壓胸，這樣來來回回數次，真的有效果。看見山明的眼睛微微展開，露出像天使般的笑容，看着衛安，跟着看似不悅說：「咿！你滿口白泡沫，真難看！」

衛安趕忙用手抹掉白沫說：「對不起！」

山明拉着衛安的手說：「什麼對不起，這是我的口沫，你不怕嗎？」

衛安結結巴巴答：「顧……顧不到那麼多，救你要緊！」

山明說：「你真傻！」說完她拉着衛安來個深深一吻，多甜美！

這對小情侶拖着疲累的身軀去取車，山明說：「我

很累，你來開車。」

衛安說：「好的，你坐在我背後，我送你回家。」

山明收拾器材，上車後緊緊抱着衛安，享受衛安給她的愛護。

山明說：「剛才的情況非常危急，幸好你臨危不亂，及時出手。」

衛安抱歉說：「不知何解，緊急關頭，忘記了咒語，唯有亂打亂撞，救你回來，下次不要再去採訪什麼鬼新聞了，我很擔心。」

衛安續說：「你採訪到什麼奇異新聞嗎？」

山明答：「有，我整理好後就放上網，到時你可以看。」

山明說完伸一伸懶腰，讓她的身體更貼近衛安，溫柔地說：「今天我很累，你送我回家後就自己回去，我會給你短訊。」

「好。」

沒多久，山明已到家，他們深深一吻，然後分手各自回家去。

十二、真相大白

　　衛安的電話鈴聲響起來，他從睡夢中慌忙起來去接電話：「喂，誰呀？西城秀麗子，噢，對不起……不是忘記，是睡過頭。好……你來接我，給我半小時。好……等會見。」

　　衛安放下電話，看看時間，原來已經十一時，他原本約西城十時在新宿西駅見面。他急忙起床去洗澡、梳理一番，穿上衣服，拿着大衣，準備出門。

　　突然門鈴響起來，他看見西城在門外，說：「我們可以起程。」

　　西城答：「不，我告訴你祖父，你遲些才去見他，你不讓我進去嗎？」

　　「噢！請。」

　　西城進屋後並沒有坐下來，她在屋內到處望，然後說：「除了睡房外，其他的地方打理得不錯。」

　　衛安有點彆扭不安，說：「你要喝茶還是咖啡？」

　　「給我一杯咖啡。」

　　「要點吃的嗎？」

　　「不，看來你還沒有吃早餐？」

　　「對呀，我去弄點食物。」大約十分鐘後衛安送上

咖啡和一份三文治,他也不理會西城,自己自得其樂,一邊看電視新聞,一邊吃三文治。

西城拿起咖啡杯,喝了兩口問:「你母親呢?」

衛安答:「她住在千葉縣,不習慣住在大城市。」

西城再問:「她有來探你嗎?」

「有,一年都有一兩次,有空我會回去探望她。」

西城看看手錶說:「時間都差不多,走。」

衛安點頭準備開門離開時,西城突然攬着衛安吻了起來。

衛安好像挺享受西城的熱情,想作進一步動作,他的手不規矩起來,去撫摸西城的身體,開始時他的手放在衣服上撫摸,漸漸把手伸入西城的衣服內,令西城透不過氣來。

正當衛安想脫去她的衣服時,西城用手按着他的手說:「不,現在我們要離開,如果你要,我遲些給你。」衛安沒有表示亦不說話。

西城的車停在公寓路邊,他們上車後,西城一邊開車,一邊告訴衛安路程,說:「我的車會朝東京西南方向走,經首都高速五號池袋線,再轉新東名高速道路,接伊豆縱貫自動車道,目的地是伊豆半島,路程不短,要花上兩個半小時,中途或要停下來小休或進食,如果太晚,我們就會在伊豆半島過一晚,第二天才返回東

京。」

衛安答：「最好即日來回，因為明天有事要辦。」

西城問：「辦什麼事？」

「明天劇社要試唱我的新歌。」

西城問：「什麼新歌？」

衛安敷衍地回答：「是《詠嘆調》，男、女主角臨終前唱。」

西城問：「悲劇？」

衛安答：「當然是悲劇，這個……這個思路來自莎士比亞四大悲劇之一——《奧賽羅》（英文：*Othello: The Moor of Venice*）。」他不想讓西城知道他太多事，所以說話吞吞吐吐。

西城說：「你們公演時要通知我。」

衛安答：「好。」

他們沒有在中途停下來，一口氣開車直到伊豆市役所附近，經五十九出口往西行穿過持越地區集會所，轉入山路，走了約二十分鐘到達一個大莊園，有保安守衛。

西城道明來意後被引領到一座木造建築物前，日本風格，左右兩旁各有一座英式建築物。有位男侍和一位穿着和服女侍恭敬站立，他們向西城和衛安鞠躬，禮貌周周。

男侍代西城泊車去，女侍引領他們進入前廳，再有

兩名女侍替他們拿走大衣，脫鞋和給他們換上木屐，這樣一弄又搞了十多分鐘。

最後他們被引領到一間日式會客廳，安排坐在左邊，每人坐一張小梳化椅，前面放了一張小茶几。

坐了大約五分鐘，有兩位穿着和服的女侍進來，後面有位女侍推着一輛輪椅，輪椅上坐了一個老人。他進來時，特別吩咐侍從把輪椅推到衛安座前，緊緊看着他，神情由自若變為激動，只見他眉目轉動間閃耀淚光，自言自語說：「太像了，太像了！」然後返回中間梳化椅，由女侍協助坐下，坐得四平八正，雖然年紀老邁，但氣勢依然威嚴，令人生畏！

當他們坐定後，老人家首先說話：「今天很高興，德川幕府被天皇打敗後，經過百多年無情歲月，終於能見昔日光輝的曙光。我作為第十八代大將軍，過去六、七十年都在尋找第十九代世子，不幸地，當我差不多可以找到他時，他又被人害死。這個打擊令我痛不欲生，曾經想過切腹自盡向德川歷代祖宗謝罪，幸好得到幕府死士千辛萬苦、鍥而不捨明查暗訪，最終找到了第二十代世子，繼承為第二十代大將軍。經基因查證無訛，就是坐在面前的小伙子，真的是德川幕府有幸，得天憐憫，令我可以死而無憾。」

老人家輕輕拍了一下手掌，立即走出一位身穿十九

世紀幕府朝服的主禮官出來主持儀式。

主禮官朗讀將令：「奉德川幕府第十八代大將軍德川刻己將令，恭請第十五代大將軍德川慶喜盔甲和天皇陛下御賜黃金寶刀升帥座。」

這個將令一出，有四位虎背熊腰，穿着武士服壯士抬出一副青銅皮革鑲上閃閃生光的黃金絲縷盔甲放置在大廳中央，接着兩位壯士抬出金光閃亮的武士刀，長短各一，放在盔甲之前。

主禮官再次朗讀將令：「再奉第十八代大將軍將令，恭請陰陽師第十八代傳人西城方士主禮，護府大臣上野八達、渡邊良二監禮，為追封第十九代大將軍德川來運、冊立第二十代大將軍德川宏大，進行祭祠儀式。」

話音剛落，只見三位男士，穿着德川幕府朝服魚貫進入大廳，他們首先向老人家鞠躬行禮，陰陽師手持將令站立大廳中央，另外兩位坐在大廳右邊，氣氛莊嚴，眾人屏息靜氣，等待儀式進行。

主禮官高聲朗讀：「升第十九代大將軍德川來運將旗，恭請第十九代大將軍德川來運靈牌就位接受追封。」一位武士高舉將旗來到大廳揮舞後，然後站在大廳右邊。

主禮官接着朗讀：「陰陽司聽令，立即為第十九代大將軍德川來運祝福，祈求德川幕府府運千秋萬載！」

陰陽司答：「得令。」

只見陰陽司揮動將令在靈牌前後左右擺動，繞了三個圈，接着順序向東、南、西、北參拜，代表一運；如是者，參拜六次，代表轉了六個運，接着他打開將令，朗讀：「奉第十八代大將軍德川刻己將令，追封德川來運為第十九代大將軍。」然後陰陽司把一張黃紙符咒點着火後往空中一拋，大喝一聲：「令發！」

陰陽司雙手捧着將令呈給老人家看。老人家點頭揮手，跟着見到一位幕府內侍臣雙手奉上天皇御賜大將軍印璽，老人家再次揮手，內侍臣立即在將令上蓋章，再持將令給監禮大臣閱看，他們在將令背頁左、右下兩角分別蓋上印章，作為監祭證明，內侍臣收回將令，放在靈牌前，鞠躬後退下。

主禮官高聲說：「追封禮成。」

衛安看見給父親的隆重追封儀式，心中感覺欣慰萬分，再想到原來自己的身分是如此顯赫，祖先手操生殺大權，統治大和民族二百多年，與天皇分庭抗禮，非常人可及；心想：「這個世界，真是瞬息萬變！」

正在這時，女侍給他送上德川幕府大將軍禮服，請他穿上，進行典禮。主禮官正想宣讀冊立大將軍將令時，衛安蕭然站起來，走到大廳中央，雙手叉在腰間，面對老人家。

西城看見這個勢頭，心知不妙，想站起來阻止。

老頭子用手指一指西城秀麗子，示意她坐下來，同時揮手令其他人士離開大廳，只有西城秀麗子留下來。

看來老人家知道這個初生之犢不會如此順攤 [172]，任人擺佈。老頭子不言語，閉目等待。這樣肅殺的現象，令人透不過氣！

這樣的無聲對抗，讓西城急如熱鍋上的螞蟻，不知如何是好！

衛安看來騎虎難下，決心來個大對抗。他說：「我今天來，並不是接受你的封贈，我是為祖母問個明白。」

老人家問：「你想問你祖母什麼事？」

衛安說：「我想知道我的祖母為什麼被迫去當慰安婦？她是否被你因姦成孕？她懷孕後還被迫接客？她是否被迫放棄親生子？後來是不是因為她拒絕放棄娃娃而被你謀殺？」

衛安一連串的問題令老人家非常懊悔，他閉上眼睛，沒有即時為自己答辯。

大約過了五分鐘，他開口說話，說：「西城秀麗子，你將你所知的事從實向這個無知小子說個清楚，不用顧慮我的感想。」

西城站立起來說：「遵命，大將軍。」

她接着望着衛安，說：「你不要站立在中央與你祖父對抗，你先坐下來，我給你一個答案。」

西城揮手招衛安回來坐，然後她站起來走到大廳中央，向衛安說：「這件事牽涉德川幕府的榮譽，亦牽涉到你祖母的聲譽，我要小心把實情告訴你，在我敍述過程中，除非迫不得已，你不要發問，更不要打斷我的話，明白嗎？」衛安點頭表示明白。

西城向衛安展示生硬的笑容，說：「你祖母是由你祖父在東京大轟炸後，被救回來留在收容所的。她來的時候，已經受傷，你祖父悉心照顧她，沒多久，她就康復了，所以你祖母感激你祖父救命之恩，委身相許。當時，戰亂剛平，物質短缺，兩人一起生活，較多生存機會。當時你祖父亦不知道他自己真正的身分，只有一個幕府藩士老人家以僕人身分掩飾，留在你祖父身旁照顧他。藩士的兒子就是驗屍官渡邊正本，他就是護府大臣渡邊良二的父親，後來亦是由老藩士告訴你祖父他的身世。沒多久，你祖母懷孕，這就是你父親。在當時，他們應該可以平平安安活下去，直到有一天，有兩三個人說是警視廳探員來收留所拘捕你祖父，罪名是莫須有。當他被探員帶走時，你祖母嘗試上前救他，被探員打傷，幸好胎兒沒事，否則就沒有你。」

普通話註釋：[172] 容易屈服

西城一邊說着，一邊用身體語言來補充感情的起落點，說到這，她稍微停下來，眼睛看着衛安，見到他神情落寞，再看大將軍，見他老淚縱橫。西城這番話必定令大將軍想起陳年往事，如煙消霧散在不知年月的時空，但又忽然聚積回來，打入他的心間，令他悲傷不已！

　　西城接着說：「禍不單行！你祖父被人拘捕兩天後，有人拿張名單來收留所找人送去慰安所，你祖母榜上有名，幸好老藩士來個偷龍轉鳳，狸貓換太子的把戲，把你祖母換出來，着令她連夜逃亡。當時形勢險惡，沒有留下聯絡方法，最後他們失去聯絡，天各一方，令人唏噓不已！」

　　衛安低頭沉思一會，抬起頭問：「那麼那個被人殺死的禾田月光子是頂包嗎？」

　　西城答：「不止她是頂包，那個山葉武夫也是頂包。他頂包是為了奪取你祖父的職位和財富，更假借他的名稱作惡，嫁罪於他，令他聲譽受損。最終老藩士下了追殺令，把他滅了，這算是天網恢恢，疏而不漏！」

　　衛安不安地問：「那個頂包禾田月光子的真名是什麼？她又是被誰謀殺的呢？」

　　西城答：「這個可憐人真名是『山村惠子』，是被美國大兵玩性虐遊戲時誤殺了。那個大兵在臨死前寫了一封懺悔信給報館陳述案情，你上網查看便可知

一二。」

衛安還有些不明之處，問：「為什麼三船太郎探長查不出來？」

西城答：「因為法醫官渡邊正本亦是受老藩士所託，從中作梗，刻意誤導他，來個順水推舟，製造撲朔迷離的情況，切斷追尋你祖母下落的意圖，這是不得已的方法。」

衛安問：「那麼我祖父如何脫險？」

西城答：「老藩士安排幕府死士劫獄把你祖父救出來，改名松下正義。」

西城總結：「事到如今，算是找出真兇，亦找到你的真正身分，你還不快快向你祖父道歉，求他原諒你無知。」

衛安走到祖父跟前，雙腿下跪，俯伏在地上向他認錯。

老人家悲喜交集，還是說那句話：「太像了，太像了！」他因為行動不便，吩咐衛安走近到他身旁，伸出已滿是皺紋的手去撫摸衛安的臉說：「太像了，太像了！」

衛安忍不住問：「爺爺，太像了，太像什麼？」

老人家說：「孫子，你等等。」他揮手示意西城過去，細聲耳語。只見西城不斷點頭，然後離開大廳。

沒多久，所有人都重回大廳，還多了兩個女侍，抬出一個金黃色鳳凰刺繡絲布蓋着的油畫架出來，放在大廳正中。

　　西城緩步走向畫架，向它深深鞠躬，然後揭開蓋畫布，一位雍容華貴的夫人油畫肖像呈現在各人眼前，西城大聲喊：「請各人站立面向油畫肖像。」

　　大廳各人如是站立等待，西城續喊：「請各人向德川刻己第十八代大將軍大君貞德御台所鞠躬致敬。」

　　各人肅立向油畫肖像鞠躬，鞠躬完畢，西城再喊：「禮成！」

　　衛安看着油畫肖像自言自語說：「太像了，太像了！」

　　衛安拿出手機查看照片檔案，抽出山明給他拍的造型美人照一對，把衛安嚇了一跳，不只相貌相似，連妝容、衣服都一模一樣。

　　西城拿過來一看，不禁大呼：「太像了，太像了！」

　　西城眉眼一轉，心中有數，正想向衛安責問時，大廳上的主禮官喊：「請德川宏大更衣行禮。」兩位女侍前來引領衛安更衣。

　　衛安更衣出來，接着進行一連串儀式後，他被封為德川幕府第二十代大將軍。

　　主禮官宣讀德川刻己退位宣言，道：「恭請第二十

代大將軍德川宏大站前聽令。」衛安好像沒聽到主禮官的說話，沒有反應過來，西城急忙推了他一下，才如夢初醒，步前聽令。

主禮官大聲朗讀：「德川幕府第十八代大將軍德川刻已下達退位宣言，把德川幕府大君君位禪讓給第二十代大將軍德川宏大，秉承德川幕府對大和民族的偉大功勳，考慮歷史現實情況，作出符合時代進步、民意國情需要的安排，如下所述：

一、德川幕府舉行內務集會時，仍需依照先祖遺訓進行，以表尊崇！

二、德川幕府對外將成立『德川民主政黨』，第二十代大將軍為首任黨主席，往後黨主席可依黨章由民主選舉產生，德川幕府大將軍是當然榮譽黨主席。

三、德川幕府將成立『德川幕府民族基金會』，統籌其名下所有資產，由大將軍為當然基金會主席，往後亦如是；西城秀麗子為首任司庫，其他理事依會章產生。

四、『德川民族基金會』將撥出一千億日圓作為『德川民主政黨』的啟動基金，自立帳戶，作出投資，適度運用，以利國家國民為己任，委任公共核數師，確保收支公平、高透明度展示。

我，德川幕府第十八代大將軍，引頸期待第二十代大將軍德川宏大向天皇陛下討回昔日德川幕府榮譽，重

振府運，成立政黨，造福國民。

　　　　　　　　　第十八代大將軍德川刻己蓋章
　　　　　　　　　平成二十九年元月元日示」

　　德川幕府為了今天的慶典鑄造了一批足金紀念金幣，每個重五十克，金幣一面印上德川幕府徽號，另一面印上紀念第二十代大將軍登位慶典。幕府中人，每人一個，皆大歡喜！

　　幕府內張燈結綵，在花園中設下宴會，合眾同歡。德川刻己、宏大（衛安）和西城秀麗子坐在一個臨時蓋建的小台上，三面圍上印有德川幕府徽號的有蓋帳篷，面對表演台，正在上演大將軍喜歡觀看的能劇。宴席設在兩台之間，供應自助餐食品，現場有即時烹製的美食——天婦羅、壽司、刺身等。

　　德川幕府沒有公開這次活動，但亦有內閣大臣以私人身分送上賀卡給德川刻己大將軍。

　　內侍官送給大將軍看由內閣大臣送來的賀卡，他亦逐一交給宏大看，加以註釋，對有些祖先曾在德川幕府任職的官員特別加以說明。

　　大將軍給宏大看一張賀卡，說：「這張賀卡是前陸軍大臣四星上將送來的，他的曾祖父是幕府藩士，曾經為德川慶喜對抗天皇而戰，是真正的武士。」

衛安問：「他們送來賀卡，不怕天皇秋後算帳嗎？」

大將軍答：「現在的天皇開明得多，只有某些政客，為了私人目的，才會針對幕府提出恢復名譽的訴求。」

衛安再問：「叔父盛文為什麼不前來參加這次活動？」

話音剛落，內侍官前來稟告松下盛文剛到府邸。

西城怕衛安亂說話，小聲向他說：「松下盛文是你祖父的養子，所以才讓你當大將軍，明白嗎？」衛安點頭表示明白。

沒多久，內侍官領着松下盛文來到大將軍座前行禮，衛安和西城亦站立起來迎接。

大將軍問：「為什麼見不到活娃前來？」

盛文答：「活娃不知何故，突然拉肚子，我送她往醫院，所以來遲。」

大將軍關心問：「她現在怎麼樣？」

盛文答：「醫生診斷過說沒有大礙，住院調理一兩天就可以回家。」

大將軍說：「好，我們坐在一起，閒話家常。」

盛文說：「好。」從他回應大將軍的言行上，可以看得出他非常敬畏他的養父。

大將軍問：「現在政界人士對德川幕府恢復名譽的訴求有什麼反應？」

盛文答：「稟告父親，政界態度偏向贊成的較多，但他們還沒有摸清民意，所以沒有表態。」

大將軍說：「這樣說來，我們要在民間多做工作。」

他看着衛安說：「宏大，這個工作要靠你。」

盛文誠惶誠恐說：「父親，現時不是公開新大將軍身分的時候。」

大將軍問：「為什麼？」

盛文答：「我們必須在民間多做利民貢獻、福利，得到民眾支持，到時不用我們說，他們都會自動自覺來支持德川恢復名譽的訴求。不知父親贊成嗎？」

大將軍說：「秀麗子，你給盛文看我剛才下達的退位宣言，他就知道我的意願。」

西城恭敬地回答：「好。」接着她從隨身攜帶的公文包取出那份文件給松下盛文看。

盛文拿着細心閱讀，跟着說：「父親英明、高瞻遠矚，作出這樣偉大的策劃。」

大將軍答：「不是什麼偉大不偉大，我年事已高，又能重遇嫡孫，必須有所作為，才能保護德川幕府生存下去。」

他對盛文說：「你要多多照顧宏大，他年紀輕，處事能力不及你，明白嗎？」

盛文立即站起來分別向大將軍和衛安鞠躬說：「在

公，第二十代大將軍是德川幕府的領袖，我必定服從他的命令；在私，我是他的叔父，我會盡心盡力去愛護他，請父親放心。」

大將軍拍手說：「說得好，你有這個想法，我就安心得多。我們一起舉杯，慶祝今天的盛事。」

主禮官聽到大將軍這句說話，立即着賓客齊來舉杯慶賀，大聲說：「恭祝第十八代大將軍身體健康；恭賀第二十代大將軍大君英明領導。」

西城聽到主禮官的話，立即寫下便條，着女侍送給主禮官看。

主禮官閱讀後，大聲說：「我們有今天的大日子，不要忘記貞德御台所、第十九代大將軍德川來運作出的無私貢獻，讓我們齊來為貞德御台所、第十九代大將軍德川來運舉杯，祝願他們在天英靈，保護德川幕府萬世興旺，造福社會。」大家聽了，舉杯慶祝。

大將軍非常感動，說：「太好了，太好了！」

大將軍說：「我知道活娃喜歡藝術和音樂，我特別為她蓋了一所演藝活動中心，給她打理，亦算是造福民眾一件樂事。她今天因病不能來，我就把這份文件交託給你，以『德川民族基金會』名義送給她這個物業和一億日圓經費。你吩咐她與律師、設計師進行交接工作。你要告訴活娃，收費要便宜，對慈善表演要更便宜，甚

至免費也可以。」

盛文站立起來說：「我代表活娃向父親表示感謝。我們會舉辦一個重大開幕儀式與首演，收入捐給慈善機構。」

大將軍答：「你這個想法很正面。」

他指指衛安說：「你要配合叔父工作。」衛安點頭表示明白。

大將軍說：「能夠這樣做，太好了！」

沒多久內侍官送來文件，大將軍親手交給盛文。松下盛文接過文件後說：「請恕我今天不能在這過夜，因為議會有要事相討。」

大將軍說：「好！你就早點回去東京。」說完話，大家道別。

松下盛文離開後，大將軍向衛安說：「你今晚不要離開，我有話同你講。」大將軍吩咐衛安單獨來他書房見他。

主禮官宣布大將軍離場，所有賓客站立向兩位大將軍致敬。

女侍帶領衛安和西城去隔壁英式大樓，分別給他們一間套房。

衛安進入房間後，女侍還不離開，衛安感覺不安，問：「你們為什麼不走？」

女侍恭敬回答：「你是君主，我們要侍候你沐浴！」

衛安慌忙打開房門，說：「我不習慣，你們不要在這，明天一早我要離開。」

其中一位女侍問：「大君殿下，你什麼時候離開？」

衛安不耐煩答：「四時起床，五時開車走。」

「好，一切依你安排。」

衛安說：「等會兒我要見大將軍，你半小時後回來帶我去。」

「遵命。」

西城去到另外一間英式大樓的地庫，正門有嚴密守衛，西城要經過身分確認才能進入會議室，她看見有兩位男士正在等待她。

西城說：「今天忙得要命，我要給你們清晰指示，從今天起，你們要給大少全天候保護，但又不要讓他發覺，否則麻煩就大了。」

她續說：「我已租用大少住的上、下和左邊兩個單位，還差一個右邊單位就可以完成全包圍保護罩，D2快去把它租過來。」

D2答：「收到。」

西城說：「D3，我明天早上五時就走，你明早加派多輛車來保護大少，不要太接近我的車。」

D3回答：「收到。」

西城再問：「為什麼看不見 G7？」

話音剛落，有位少女推門進來，西城看到她說：「G7，為什麼遲到？」

她答：「因為我是首次進來，確認身分需時，所以遲到。」

西城說：「下次不能用這個理由。」

G7 答：「收到。」

跟著西城吩咐男士先離開，留下 G7 一個在會議室。

西城拿出四大串鑰匙給 G7，說：「這是大少上下和左邊兩單位的鑰匙，你找人好好裝修，安排一些女保衛住進去，要低調，像普通人家，不要露出馬腳，其他要見機行事。」

G7 答：「收到。」

西城說：「整理好後通知我來看。你可以上樓休息，有人給你安排房間。」

衛安梳洗完畢，打開房門正想離開時，看到剛才兩位女侍在等候。她們微微欠身行禮，說：「殿下請跟我來。」

有一位女侍提著燈籠帶路，沒多久，衛安到達大將軍的書房，見到大將軍坐在書椅上看書，他示意衛安坐在他的對面，再揮手示意其他人離開。

當眾人離開後,大將軍從書櫃取出一個錦盒,把它打開,拿出一個 USB,說:「這是瑞士銀行的機密銀行帳戶密碼,和英國滙豐銀行以及香港滙豐銀行金庫的密碼,我現在交給你保管。」

　　衛安沒有伸出手來,只是眼定定看着大將軍,說:「我受不了這麼大的壓力。」

　　大將軍說:「你是第二十代大將軍,受不了也要受,沒有迴旋餘地。」

　　衛安說:「爺爺,我習慣簡單生活,這樣複雜的環境,令我透不過氣來。」

　　大將軍答:「秀麗子會幫你,有一天,你立她為御台所。」

　　衛安面露不安答:「我不能娶她。」

　　大將軍說:「那麼你立山明小美子為御台所,這個你不會反對吧?」

　　衛安聽到大將軍這樣說,驚訝萬分,問:「為什麼你們什麼事都知道?而我卻什麼都不知?」

　　大將軍笑着答:「小伙子,山明小美子是陰陽司山明方士的閨女,而西城秀麗子是護府大臣上野八達的閨女。」

　　衛安不明問:「不對呀?為什麼他們的姓氏不一樣?」

大將軍說：「上野是真姓，西城是假姓。」

衛安說：「我給你們弄糊塗了。換句話說，山明和西城是知道我的身世才來接近我，那她們是不是真的愛我？」

大將軍問：「你有沒有給她們真心？你是否抱着玩玩的心態來對待她們？她們知道你是儲君而她們又是幕府大臣的後人，所以對你奉承，不拒絕你的要求，唔多唔少 [173] 都有『君臣心態』，這個心態讓你懷疑她們是否真的愛你。你祖母對我的愛是多麼偉大，我們認識在患難時，我的身分令她受難，亦令你父親受苦，這種種遭遇令她更堅定，這個堅定就是愛的表現。」

衛安說：「如果有一天，我什麼都沒有，她們還是愛我，是不是就是愛的表現？」

大將軍答：「你在用詞方面，時常用『她們』，這是表示你自私，沒有顧及他人的感受。」

衛安答：「現代的社會，不會追求天長地久的愛⋯⋯」

大將軍打斷他的話，道：「現代人追求的是『一夜情』，情與愛是有所分別，愛連着情，而情連着慾；慾就會亂性，令人瘋狂！」

衛安答：「謝謝爺爺今晚給我教導，我要好好想

想。」

大將軍說：「你是大將軍大君，你可以娶她倆做你妃嬪，應該沒有問題。」

衛安答：「這不是我的想法。」

大將軍說：「慢慢想，但你要好好保存 USB 盤，不能假手他人，切記！我知道你明天一早離開，不用前來道別，有空就回來看我，記着，萬事要小心為上。」

他跟着揮手衛安過來，爺孫倆緊緊抱在一起，這樣簡單的一抱，對他們來說是如何難得，銘記於心，不能忘懷！

衛安回到房間，很累，不久就睡着了。

我來到一個舞會，有強勁的音樂，打出閃電激光的幻影，好像看見大海、箱根、富士山、櫻花、北海道。

幻影一變，雲霧來了，暝然中，有位少女在霧中向我招手，正當我想擁抱她時，又消失了，我們像捉迷藏地走來走去。

我心想，不能讓她這樣欺弄我，就躲在一旁，等她來。

她真的出來了，我不顧一切，捉着她，瘋狂去吻她，她沒有反抗，任我胡為。

普通話註釋：[173] 或多或少

我扯下她的長袍，露出雪白的肌膚，我從她的頭吻到她的胸前，聽到她心跳加速聲，又聽到她說：「你要，我就給你。」

　　這句話好像剛剛聽過，聲音又那麼熟悉，衛安睜開眼睛看，只見西城全裸的身體呈現在他眼前，她微微睜開眼睛，然後一拉，把衛安拉回被中。

　　她貼着衛安嘴唇說：「你不是說要我嗎？我答應給你，你要對我溫柔些，我是處女。」

　　西城這樣一說令衛安從混沌中完全清醒過來。他自言自語說：「夢？這個不是夢，是現實世界，是實實在在的一個人。」一個像白玉般完美的美人，正投入衛安的懷抱。

　　在這個關鍵時刻，衛安想起爺爺的話，急忙下床，西城伸手把衛安拉住，溫柔地問：「你去哪？」

　　衛安說：「我想靜一靜。」

　　西城問：「為什麼？」

　　衛安答：「我被你們弄糊塗了，你們知道我是未來大將軍，所以來接近我，你們不是真的愛我。」

　　西城說：「什麼你們我們？你對愛情也不專一，玩弄女性。」

　　她這樣一罵，令衛安非常憤怒，他走去浴室，用冷

水從頭淋下，過了一會兒，衛安走出浴室，已不見西城，她來去無蹤！他顧不了那麼多，倒頭就睡。

房間的電話響起來，現在是凌晨四時正，女侍打來把衛安叫醒。衛安趕忙洗澡、整理，穿好衣服，剛好是四時半，女侍敲門說帶他去餐房吃早餐。

當衛安到達時，西城已坐在餐椅上，她看起來若無其事，還親切和衛安打招呼，問：「昨晚睡得好嗎？」

衛安簡單地回答：「好。」

沒多久，女侍送上餐牌，有日式和歐式，他們各自點了一些食物，亦不多說話，很快就吃完早餐。

西城首先開腔說話，問：「誰來開車？」

衛安答：「讓我來。」於是他們起身去取車。

當他們走到大門時，已有人把車預備好在等候。

在不遠處的日式大宅，大將軍的輪椅已推到大門口，衛安忍不住走去向大將軍請安和道別，大將軍說：「萬事要小心，這是你的家，有空就回來。」衛安點頭表示明白。

大將軍再說：「待人要有愛心，特別是女朋友，不要固執，明白嗎？」衛安又是點頭。

他向大將軍深深鞠躬說：「您要保重身體！」說完就轉身離開。

西城亦上前向大將軍道別，他們細聲說話，聽不到

內容。

衛安離開伊豆半島，開車朝伊豆縱貫自動車道行駛，再接新東名高速道路，經首都高速五號池袋線回東京。

他在途中向西城訴苦說：「這次認祖歸宗的路程太艱難。」

西城答：「我們比你艱苦得多，尤其是你祖父，他年紀那麼大，還要親自監察各人的工作，一不留神，給人找個頂包的來就麻煩大了。」

衛安好像發現新大陸般高興，說：「你來幫我一個忙。」

西城問：「什麼忙？」

衛安答：「你回去告訴大將軍說我是假的、頂包，那麼他就把我廢掉，我就恢復自由身，好嗎？我求你！」

西城不解問：「如果有人好似你咁幸運，發夢都會笑。你給我一個理由，為什麼要逃避？」

衛安答：「不是逃避，我不稀罕錢，你看看我祖父，他快樂嗎？他為怎麼樣去處理錢而煩惱，如果他沒有錢，我看他會更快樂。如果你喜歡，我全送給你。」

西城很高興問：「真的？」

衛安答：「真！」

西城說：「好，有一個條件。」

衛安問：「什麼條件？」

西城答：「你送我一個娃娃。」

衛安問：「你意思是要做我妻子？」

西城答：「對，我們有個仔，他就可以繼承你的地位，咁我就可以接收你的財富。」他們這樣談是沒有結果，只是消磨時間。

西城說：「還有十公里就轉入新東名高速道路，你要留意路牌指示。」

就在這個時間，衛安發現有輛貨車在大約五百米前微微橫跨兩條車道，打着死火車燈。西城看到這個情況，急忙提醒衛安轉快線。

這時，有輛私家車快速搶線攔截衛安的車轉線，它們差點碰撞到，幸好衛安眼明手快，取消轉線，減緩速度來避過他的切線。

衛安正想破口大罵時，看見那輛車上坐在前座位的人，打開車窗，拿出手槍對着衛安；西城大叫一聲：「低頭。」子彈隨後飛進來，差點打中衛安，但已把車頭玻璃打破。

西城大叫：「快倒車，後波、後波 [174]……」

衛安反應算敏捷，立即倒車，這時西城已握槍在

普通話註釋：[174] 後檔、後檔

手，那輛車亦啟動後波從旁來截，西城發現在大路旁有條小分支路，她立即大聲叫：「轉入岔路。」衛安快速來個急彎轉入，加速向前。

西城在一個窄窄的車頂與車椅之間的空位，作了個後空翻，她柔軟的身軀像一條蛇向後座翻過去，然後大喝：「不要理我，快速向前駛，我來收拾他們。」

這是一條窄山路，時間尚早，六時許，天色還是昏暗的。後面追趕上來的車用高燈射着，阻礙視線，影響衛安駕駛。

西城打開後座車窗，朝對方車頭開了兩三槍，把對方車頭燈打爛。衛安的車頭玻璃因已被匪徒開槍打爛，影響行車穩定性。

衛安一個不留神，車就撞到路旁大樹，動彈不得。西城立即打開後座車門，跳出車外，她大聲叫衛安走。

衛安跌跌碰碰走下車來，跑到西城身旁找掩護。

那輛匪車很快趕到，車上走下兩個人，手持手槍。

西城為掩護衛安，開槍射擊對方，他們亦還擊。

就在這緊急關頭的一刻，有輛車從後急急駛上來，眼見又有兩個人持武器從車上走下來。

衛安向西城說：「又多來了兩個匪徒。」

他不憤說：「當了大將軍不足一天就把命送了，真

不值！」

西城答：「不用怕，他們是救兵。」

後來的兩個人向匪徒開槍，西城亦趁勢反擊，來個前後夾攻。那兩個匪徒，看見勢色不對[175]，急急棄車落荒而逃。

西城站起來跟自己人打招呼，說：「D3，幸好你們及時趕到，把這幫匪徒打走，否則我們就凶多吉少了。」

D3答：「不用客氣，這是我們的職責所在。你們用我的車，我來善後。」

西城答：「好，我就不客氣了。」她推衛安上車，掉頭返回大路。

衛安上車後，坐在前座，看着西城駕車，表情呆滯。

西城問：「嚇傻了？」

衛安答：「沒有，想不通為什麼有人來殺我？」

西城答：「我看，他們不是來殺你。可能是來擄人勒索。」

衛安問：「擄人勒索，綁我票？」

西城笑答：「不綁你，唔通[176]綁我？」

衛安無嘇神氣[177]說：「錢是麻煩根源，不要也罷。」

西城說：「現在由不得你作主，你要小心，我會派人來保護你。」

普通話註釋：[175] 形勢不妙　[176] 難道　[177] 無精打采

衛安答：「我不喜歡有人跟進跟出，你不要派人來，否則我翻臉不認人。」

西城用溫柔的態度說：「好啦，小大將軍，不要生氣。」

衛安不悅回答，說：「不要叫我大將軍，叫我名字。」

「好啦。」

衛安稍露笑容說：「送我回家換套衫，我就去劇團。」

他們一邊開車、一邊談話，大約兩個小時後，衛安已到達家門。

西城說：「我不送你上樓，要趕着回警視廳，有事辦，稍後再通電話。」

衛安打開屋門時，突然一個戴着面具的少女從旁走出來，迫他進入屋內。

衛安對這個不速之客感到害怕，結結巴巴問：「你是誰？」

少女答：「我是誰不重要，重要的是你為什麼瞞着我出去鬼混？」

衛安經她這樣一說，輕輕拍拍自己的心口，說：「真的被你嚇個半死。」

山明脫下面具說：「我嚇你一半死去，那麼你另一

半去哪？是不是去了秀麗子處？」

衛安反擊山明說：「你明知故問，你跟秀麗子是一路人。」

山明反駁說：「什麼一路人，她是她、我是我。」

衛安答：「你們明知我的身分，還扮作好人來幫我。你們的父親是我祖父身邊的紅人，你們都知道我是誰。我問你一句話，你是否真的對我好，還是⋯⋯」

山明答：「還是什麼？還是要你的錢？你猜我是秀麗子同路人？」

山明再說：「你真的是衰人，我不理你。」說完想開門走。

衛安急急來阻止她說：「好啦，是我想得太多。咁，你愛不愛我？」他不等山明回答，就拉着她狂吻，手又不規矩起來。

突然，門鈴響起來，衛安打開門，看見有一男一女，穿着工作服，站在門外，說：「我們是水井建築設計公司，今天來給你看你家重新裝修的設計方案。」

衛安答：「我沒有委託你⋯⋯」

山明急急拉拉衛安的手說：「可能是你爺爺安排。」

衛安發短訊給西城說有設計師來找他，西城回覆說是她的安排。

衛安唯有讓他們進來，說：「我給你們十五分鐘來

解釋裝修方案。」

男士自我介紹說：「我英文名叫威，她叫珍。」接着珍打開設計圖說明這個方案是相連單位。」

衛安說：「我的單位不相連。」

威答：「西城給我們的任務是包括打通你左鄰的單位，加大空間和配置多些設施。」

珍解釋說：「這裡給你裝修一個合工作娛樂於一室的房間，有高級影音系統，有幅牆是全玻璃鏡，你可以看到自己的動態形象，地板是用緬甸柚木造，中央有個圖騰，亦是用木造。」

衛安說：「玻璃鏡令聲音反彈太強、太速，不太好。」

珍答：「我們也有考慮到這個問題，所以會安裝電動簾，可以隨時把它蓋上。」

威說：「這個工作室可以做錄音、錄影，有個小音樂台，你不用擔心聲浪影響鄰居，這個房間有高度隔音設備。」

珍再來解釋其他設施，她續說：「我們先裝修隔壁，你要給我們大約四個星期時間來裝修左邊部份，然後把兩屋打通，再裝修這邊樓，屆時，你可能要搬去酒店暫住兩三個星期。」

山明說：「不用搬去酒店，搬來我家。」

衛安看看時間，說：「好了，請你們先離開，留下這份設計圖給我看。你們有名片嗎？」

威和珍慌忙道歉，說：「我們忘記給你名片。」然後補上他們的名片。

珍說：「有問題可以給我電話或留個短訊。我是負責設計，威負責電器影音工程。」

衛安強調地說：「屋外要保持原狀，不要改變。」

珍答：「這個你放心，我們明白。」

「再見！」

「再見！」

衛安的手機突然響起，一看是劇團給他的電郵，約他本周四去試鏡。

衛安給山明看劇團的電郵，山明說：「我陪你去？」

衛安答：「我想自己去，如果你今天有時間，你陪我回劇社，好嗎？」

「好，我們走。」

十三、德川歌劇

　　衛安的劇社在築地市場與新橋演舞場之間的倉庫地點。他們租了一所舊貨倉，由一班年輕人閒時來把它整理好，有一個大排舞廳，連接一個簡陋的錄音室，設有男女更衣室、化粧間、儲物室。算是亂中有序，麻雀雖小，五臟俱全。

　　衛安和山明到時，已有一大班人在練習舞蹈。他今天來是試演、唱他作的新歌，以《詠嘆調》來表達男主角對女主角在臨終前生離死別的一刻。衛安的好友紅山左支是劇社社長，也是這齣劇的導演，他看見衛安來，興奮地說：「我收不到你的回覆，不知你今天會不會來？」

　　衛安答：「我忘記看短訊，所以沒有給你回覆。」

　　紅山說：「沒關係，你聽一聽音樂聲帶。」

　　衛安問：「好，芳琴來到了嗎？」

　　這時紅山發覺山明小美子，衛安慌忙介紹，說：「她是我的女友，山明小美子。」

　　紅山立即起立向山明鞠躬說：「幸會，幸會。」山明亦禮貌地回答。

　　大堂突然傳來女高音練習聲，原來是芳琴在練聲。

當她看見衛安時，立即過來拉着衛安的手說：「你快去化妝，換戲服，我們要排練你的新歌。」

芳琴對衛安表現親切令山明產生妒忌，她走過來親密地挽着衛安的手臂，說：「我想你是芳琴，剛才聽你的歌聲，挺動人。」

芳琴被山明看似是讚美，實際是來示威的舉動，搞得有點尷尬，說：「真不知道，衛安有你這樣貌美的女友，令人羨慕。」

然後她對衛安說：「快快預備，我倆要培養感情，才能投入戲中。」

衛安給了山明一個眼神，暗暗責備她不要太大妒忌心，山明嘴巴稍微有點動作表示歉意，要說的話盡在不言中。

沒多久，衛安穿着全套戲服走出來，他遠遠看見山明又戴上今早把他嚇了一跳的那個面具，他覺得有點奇怪，想走過去問個明白。

只見山明揮手叫他不要過去，剛好導演紅山又叫他埋位 [178]，準備演戲，他就顧不了那麼多，站在原地，等待排演。

紅山對着衛安和芳琴說：「這段戲的劇情是由德川第十五代大將軍德川慶喜懷疑他的嬪妃川子與幕府藩士

普通話註釋：[178] 就位

近衛次郎有染，憤而賜川子飲毒酒自盡。大將軍放下兩杯毒酒說如果近衛次郎代她飲下毒酒，就免她不死，他說完就離開府堂，留下川子獨自悲嘆。」

紅山再對芳琴說：「你獨唱《詠嘆調》女高音首段表達你的悲情。」

接着他對衛安說：「你到幕府大奧找川子，知道她在府堂上，被大將軍責罰，要她飲毒酒自盡，你急忙跑去找她，看見川子正想飲第一杯毒酒，你立即阻止，唱出《詠嘆調》男高音。」

紅山說：「接着下來，你們就合唱《詠嘆調》尾段，要配合演戲來唱；你們先來調整心情，投入劇中人意境。」芳琴和衛安點頭表示明白。

其後紅山離開與一位少女打招呼，說：「不好意思，因為剛開始排戲，所以沒有出來遠迎。」

只聽這位少女說：「你說要邀請我來看你們排練，今天剛好有時間，沒有給你打個招呼就跑來，不會給你添麻煩吧？」

紅山答：「哪裡、哪裡，你松下活娃是業界紅人，有你來這，真的是蓬蓽生輝，求之不得。」

原來來者是松下活娃，怪不得山明急急忙忙戴上面具，免得被松下活娃識破是相識的。在戲場內，戴上面

具或化成不同的粧是很普遍的情況，不足為怪。

山明也找了個地方坐下來，當作休息，順便偷聽松下活娃與紅山的對話。

活娃問：「那個飾演藩士的男生有些面生，他是從哪裡來？」

紅山答：「他剛剛從演藝學院畢業，人頗有文采，長相風流倜儻，你認為他怎麼樣？」

活娃答：「看起來是可造之材。」

紅山說：「你那麼年輕，說話那麼老成，真不愧為名門望族。」

活娃吃吃笑地答：「不要誇我，我要向你多多學習。」

紅山答：「你坐坐，等我辦完工作，我帶他來介紹給你認識。」

活娃說：「不用理我，去忙你的。」

「好。」紅山回到工作崗位，立即問：「你們預備好了嗎？」

他們齊聲回答：「預備好！」

「好，音樂起。」

話音剛落，一段由大提琴引領的樂章從擴音喇叭把一個又一個音符慢慢奏出來，這一連串的音符奏出令人悲傷、感動、無奈的情緒，一路一路 [179] 沉下去，令人

普通話註釋：[179] 漸漸地

神傷，川子慢慢從地上爬起來，看着兩杯毒酒，感懷身世，唱出《詠嘆調》的首段樂章：

「這就是我的下場嗎？這就是……要為愛付出的代價嗎？

悲　天不憫人

哀　有情人不能成眷屬

憤　身不由己

恨　生不逢時

愛　無盡無私

情　有情有義

飲　毒酒了此殘生

憾　見君一面無餘憾

笑　含悲一笑有情緣

語　心中語從何說

無　無語問蒼天

言　言盡人去

人　人間何世

沒　一杯毒酒人沒了

了　了無掛慮獨愛難求」

川子在府堂嚎哭，音樂由大提琴變為木結他主導，奏出結他和弦樂章，夾着拍打結他來表達劇中人心中極度不安，拍子速度由慢至快，不知何故，突然來個大煞

停，像有人騎着一匹快馬，在原野上狂奔突被拉停，弄得人仰馬翻；樂手轉變演奏方式，手指彈出純熟的琶音以三連音手法從結他低線至高線來回撥弦，奏出美妙和弦組成音，當聽眾還在懵懂之中，一支雙簧管奏出一段哀怨激情的樂章，令人從失望中墮入迷離，不知所措！

就在這時，藩士近衛次郎趕到，看見川子拿着毒酒杯，正想把毒酒倒入口中，他急忙上前阻止，並唱出激盪的歌聲，來打消川子尋死的念頭：「你⋯⋯你不要做那愚蠢的事，我們問心無愧，只是有人中傷我們，說你和我有姦情，身懷我的孽種，這是多大的怨氣！」

他接着唱：「大將軍啊、大將軍，千軍萬馬已兵臨城下，城門將破，萬民逃命；我剛從戰場回來護駕，得知川妃被賜毒酒，我亦不懼代她飲下毒酒，求你放她一條生路，她身懷德川血脈，亦算是報答大將軍多年給我的恩典。」他把話說完後，立即往桌上拿起一杯毒酒。

川子看見急來搶奪毒酒，唱出：「命運弄人不足嘆，幕府將亡心有恨！」

近衛唱問：「你的恨從何而來？」

川子唱答：「嘆十恨：一恨生不逢時；二恨遇愛郎，不能共連理；三恨身不由己，被迫嫁入幕府；四恨世事無常，繁華轉眼即逝；五恨愛郎軟弱，只知感恩圖報；六恨大將軍昏庸，誤信讒言；七恨世人無知，重武輕文；

八恨壞人當道，斷送幕府二百多年和平歲月；九恨幕府亡後，大和民族禍不遠；十恨我死不足惜，無罪胎兒來送命。」

近衛唱答：「事到如今，你更不能死。」

川子唱問：「為什麼？」

「你要為德川留下血脈，我相信若干年後，人們會緬懷德川幕府的德政。」

川子猶豫地唱：「不是人們想變嗎？不是他們想變成歐洲那樣擁有高科技嗎？」

「高科技並不等於有深奧文化，高科技帶來物質，但不能安撫心靈創傷。」

「心靈創傷？什麼是心靈創傷？」

「人生在世，不如意事十常八九，看你如何去應對。可惜，無論你怎麼樣去面對，總有些差池；這個差池可以是微不足道，也可以是很大。小則令人惶惶不可終日，大則迷失了方向，走入魔道，害人害己，為禍社會。」

近衛唱到這，突然聽到鼓聲大作，號角聲響起令人喪膽的怒哮震盪，夾雜着緊迫的節奏，德川慶喜就在這一刻出現在川子和近衛的眼前。

一把粗獷的男中音從空中傳來責罵，唱：「我給你們機會，只要有一個飲下毒酒，另外一個就可以逃出生天。」

近衛聽到德川慶喜的話後，二話不說，立即搶着毒酒，一飲而盡，然後向德川慶喜唱道：「大將軍，請你放條生路給川妃，亦是給德川幕府留條後路。」他說完話後就倒地身亡。

川子被這個突變嚇至面無人色，跪在地上，望着死去的近衛，嚎啕大哭。

她帶着淚眼，望着慶喜說：「請大將軍賜我毒酒。」

大將軍問：「你不是要為德川幕府留下一點血脈嗎？為什麼要為他殉情？」

川子答：「我不是為他殉情，既然大將軍懷疑我與近衛有私情，就讓我死去吧，好歹還我一個清白。」

大將軍聽完川子的說話，嘆了一口氣說：「你不用死，近衛亦不會死。」

川子聽到大將軍的話，給弄糊塗了於是唱問：「他不是喝了毒酒嗎？為什麼不會死？」

「這是什麼時候，還要說這樣的話？」

「什麼話？真聽不明白啊？」

大將軍向天長嘆一聲，唱：「天皇勵精圖治，本質是好，幕府亦願意妥協，奈何幕府藩士賣主求榮，趁機奪產，他們密謀殺害我和川妃。」

川子唱：「那你有什麼良策？」

大將軍唱：「你來幕府前已與近衛是青梅竹馬，我

不知情，娶你回來，拆散你們的姻緣，我亦因此感到遺憾。幕府有人中傷你們失德，我將計就計，賜你們死罪，斷絕他們對你們的追殺。」

大將軍唱到此，對着近衛說：「還不快快起來。」

近衛急忙站起來，跪在地上。

大將軍說：「你們立即換上民裝，逃離江戶，改名山葉。」

川妃問：「那你呢？」

大將軍回答：「我別無選擇，誓與幕府共存亡。」

大將軍又說：「你們不要多話，拿走這袋珠寶，內有藏寶圖，將來拿來用作振興幕府之用。」

當三人排演到這個劇情時，導演紅山叫停，說：「今天到此為止。」

當大家準備離去時，紅山叫：「衛安，你過來，我介紹一位名人給你認識。」

紅山介紹衛安給松下活娃，說：「衛安是我們『青人劇社』最有才華的藝人，剛才他排演的《詠嘆調》是他作曲編寫的，他勇於創新，敢於打破傳統，挑戰權威，是個負責任的年輕人。」

活娃說：「這就是你們劇社的理念：『創新、破舊、挑戰權威』？」

紅山驕傲地答：「對，這是我們劇社的宗旨。」

他向衛安介紹，說：「這位是著名的『德川劇團』的負責人松下活娃，她知道我們要排演德川歌劇，所以專程來給我們指導。」

活娃慌忙回答，說：「哪裡、哪裡！你們剛才排演的那場戲真的很好，故事曲折，歌曲淒厲優美，令人感動。我剛有一個奇想。」

紅山問：「什麼奇想呢？」

活娃答：「就是把你們排演的那段戲編入《興與亡》歌劇內，增強劇力。」

紅山望一望衛安說：「這個要與衛安談，因為是他編寫的。」

衛安心想：「這個世界多巧合！松下活娃是德川家族的人，而自己是德川家族的繼承人，大家又互不認識，但又會在這樣巧合的場面碰面，之前我曾寫電郵去活娃的劇團要求試鏡，現在反過來她說要和我合作，是不是很多事情都不可思議呢？」

衛安答：「能夠與德川劇團合作，真是求之不得，現在我要去預備排演莎劇《奧賽羅》，等我排演後再談？」

紅山問衛安：「芳琴沒有跟你說嗎？今天不排演《奧賽羅》。」

衛安答：「芳琴在化妝間只是說要排演《毒酒》這

幕戲，沒有說不排演《奧賽羅》。」

他接着說：「我去更衣，出來再談。」

當衛安進入化妝間時，山明戴着面具從他身後拍了他一下。

衛安說：「給你嚇死，為啥戴着個面具到處走？」

山明說：「你唔知咩，我和活娃很熟，我們從小玩到大，她見到我和你一起，就會尋根問底，暫時不要讓她知道你的真正身分。」

衛安說：「咁，你又話同我去試鏡，是否有矛盾呢？」

山明答：「我陪你去，但不會陪你進去試鏡。你不要告訴活娃你是德川後人。」

衛安答：「這個身分很煩，影響我的生活。」

山明說：「我先走，免得被她發現，記得小心點呀！」她在衛安臉上吻了一下就離開。

芳琴遠遠看見她們這樣親密，走過來跟他半開玩笑說：「看來『青人劇社』的第一男高音很快就被人擄走嘍。」

衛安答：「不要開玩笑，這是兩碼事。」

芳琴說：「我不是說你女朋友，是說德川劇團。」

衛安答：「我熱愛『青人劇社』，不會轉團，你不

用擔心。」

芳琴掩蓋不住心中憂慮，說：「希望如此。」

衛安說完換衣服出來見活娃。

紅山看見衛安出來，說：「我們出去喝杯咖啡，好嗎？」

衛安和活娃異口同聲說：「好。」

紅山左望右望好像想找人，衛安打個眼色向他表示山明已走了，紅山亦心領神會說了聲：「哦！」

他拍拍衛安膊頭，說：「走。」

他們找了一間咖啡店，買了咖啡坐下來。

活娃首先說：「衛安，你年紀多大？」

衛安答：「我一九九五年出生。」

活娃說：「我大你三歲，你就當我是你姐姐，叫我姐姐較親切。」

衛安答：「我叫你姐姐，你叫我弟弟。」他們就這樣姐姐弟弟亂叫一通來玩。

紅山向衛安開玩笑，說：「活娃是名門望族，咁快就讓你攀上？」

衛安亦開玩笑說：「你妒忌還是羨慕？」

紅山又開玩笑，說：「日本劇壇給你們姐弟倆玩晒啦 [180]！」

普通話註釋：[180] 壟斷

活娃認真說：「不要再開玩笑，我們談談合作演出。」

紅山問：「你有什麼建議？」

活娃說：「我想情商借用衛安來演出《興與亡》，不知可以否？」

紅山答：「衛安是自由人，他可以自行決定。」

活娃回答，說：「話雖如此，我亦想加強兩個劇團的合作，將來你們可以在『德川劇場』演出。」

紅山感覺驚訝，問：「德川劇場？」

活娃答：「是我祖父贊助的，還在規劃中，最快兩年後落成。」

紅山有些拍馬屁，說：「不愧為大家族，一出手，非同小可！」

衛安開玩笑問：「你們一人一句，就把我賣掉。」

活娃急忙說：「弟弟，不要小氣，你有什麼想法？」

衛安答：「可能你事忙，你的劇團不是公開找人嗎？」

活娃答：「對啊，你怎麼知道？」

衛安答：「我也有來申請，還約好過兩天周四去面試。」

活娃說：「面試是由我的助手來安排，你給我看看你的電郵。」

衛安打開手機給她看電郵，活娃驚喜地說：「你就是那位男扮女裝的人？我的助手告訴我有位申請人送了一張男扮女裝的造型照片，很有特色，但因為我事忙，沒有看照片。」

紅山搶着問：「你做反串角色？給我看看。」

衛安說：「我扮來玩，不是要做反串。」衛安在手機上找出那張照片給紅山看。

紅山一看，立即拿來跟衛安對比，說：「估不到你這個俊男變美女，是那麼唯美唯俏，真炫！」

活娃說：「給我看看。」

衛安遞手機給活娃看，只見她目瞪口呆，隔了一會說：「為什麼？」

衛安問：「什麼為什麼？」

活娃說：「我好像見過這張照片，但是照片中人不可能是你。」

她稍微想想，說：「好啦，不要理它，談我們的事。」

她續說：「你的反串造型很有想像力，令人多了不少遐想！你可以扮女聲嗎？」

衛安答：「可以。」

活娃說：「你試試看。」

衛安拿起咖啡廳的飲品推廣單張，很自然地用女聲把它念出來。

活娃輕輕拍手說：「太好啦！」她繼續說：「你說些打情罵俏的話。」

衛安不加思索說：「你愛我嗎？」

「愛。」原來是紅山加把嘴對話。

衛安再問：「你愛我，為什麼不娶我，是不是有女朋友？」

「沒有。」

「沒有？」

活娃因為他們的說話忍不住大笑起來，說：「不要再說下去，受不了，令人聽到都起雞皮！」

活娃說：「唱女聲可以嗎？」

衛安答：「可以，最高去到高A，再高就要唱假音。」

活娃稍微想想，說：「你來面試才唱。」

她向紅山說：「過兩天，我再來與你談合作一事。」

紅山點點頭，說：「好。」

活娃問衛安：「你去哪？有沒有車？」

「沒有。」

「那麼，我送你一程。」

「好。」她又問紅山：「你呢？」

紅山答：「我要回劇社，走路就行。」

活娃說：「好，我們走。」

衛安說要回家去。在車上，活娃問：「誰幫你拍造

型照？」

衛安扯了個謊，說：「有個朋友，她是化妝攝影師，給我化個女妝。」

活娃說：「我記不起在什麼地方看過像你造型照的照片。」

衛安扯開話題，說：「可能你在雜誌看過。」

活娃答：「有可能。」

轉眼間，活娃就把衛安送到他的家門，活娃把車停在路邊，下了車，走前向衛安說：「弟弟，你記得來我劇團，我想了一個很好的角色給你演，必定令你一夜成名。」

衛安問：「姐姐，什麼角色？」

活娃故作神秘說：「到時你自然會知道。」說完她攬着衛安，在他嘴上深深一吻才開車離開。

衛安站在路邊，呆若木雞，還在想着剛才發生的事，他自言自語，說：「她是我姐姐，不會是那麼邪吧？但是，我對她有感覺，這個感覺，令我想入非非！」

正當他正在胡思亂想中，突然有人拍了他一下，說：「你真行，又有新女朋友。」

衛安看見原來是西城，不大高興說：「你真的像隻幽靈般整天跟着我。」

西城反駁說：「我剛剛來找你，就撞正你回來，看見活娃吻你那一幕戲，真好看！」

衛安被西城這樣嘲弄一番，面色一變，問：「你怎知道她是活娃？」

西城答：「我為什麼不知道？我們從小玩到大，她是我的同學。」

衛安拍拍額頭說：「我的天啊，為什麼你們這個群組，那麼無聊，跑來把我弄到亂七八糟，究竟你們有何居心？難道你要我從德川繼承回來的身家，全都給你；不、不是給你一個，給你們幾個去分。滿意嗎？我真的不稀罕！」

西城看見衛安生氣，拖着他的手笑着說：「大少爺，不要發脾氣，街上說話不方便，回到家才說。」

衛安顧不了她，打開家門，進去後坐在梳化上。

西城攬着衛安問：「活娃知道你的身分嗎？」

「什麼身分？噢！你指我是德川後人？我沒有告訴她。」

「那麼，為什麼你們姐弟相稱？」西城再問：「為什麼她送你回家？」

衛安不耐煩地答：「你為什麼那麼多為什麼？她今天來劇社探班，同我劇社社長談什麼合作計劃，剛好看見我排戲，一見如故，談得投契，就姐弟相稱，有什

麼……什麼出奇！」

西城答：「噢！對，她年紀比你大三歲，所以你叫她姐姐。」

西城再問：「你們還談些什麼呢？」

「她叫我過幾天去她的劇團試鏡。」

「試鏡？她的劇團是全女班，為什麼找個男生，你不知道嗎？」

「後來才知道。本來我是看見廣告去應徵演員，那個時候我還不認識她。」

西城面色怪異地問：「你知不知道她是女同志？」

衛安答：「女同志？有什麼出奇？」

西城說：「奇就奇在她對你有好感。」

「對我有好感？」

「對呀！我太了解她，她從來不會去吻一個男生。我看見她給你的吻是有感情的，不是普通禮貌道別的一吻。」

衛安答：「我沒有你想得那麼深，『大偵探、特警』……」

話音未落，西城的嘴唇已經不給衛安空間說下去，她的手放在衛安身上游來游去，挺忙！他們好像又去到另一個世界，繼續糾纏下去！

～　完　～

後記

　　《誰是真兇？》已經完結了。這個故事讓讀者看見人性陰暗的一面，又認識到善良的心，日本人民為戰敗付出沉重的代價。時光流逝七十年後，有人為追查誰是謀殺慰安婦禾田月光子的真兇，令失散多年的親人得以重聚，最終亦查明誰是真兇，過程曲折離奇！

　　作者在構思這個故事時，埋伏了一些怪異的情節來發展其他故事，內容撲朔迷離，故事中人物穿插不同的時空，游走陰陽之間，跨越生死一線。他們為什麼這樣做？為的是尋找一個夢想！

　　「時空」是科學名詞，說的是「過去、現在、將來」。從另一個角度來看，可能是「天上、人間、冥界」，因在不同的時空產生不同的認知境界，才有神、人、鬼之別。這個故事不是導人迷信，更不要看見有陰靈鬼怪就當是迷信，它們的出現可能是在不同時空的描述。今天我們居住的地球，在宇宙中只是滄海一粟，亦可能是宇宙另一個時空。管它是過去或未來，最重要是明白活在當下，珍惜眼前的一切！

莊子說「道」是宇宙的本體，具無限概念，是萬物之源。「夫道有情有信，無為無形，可傳而不可受，可得而不可見，自本自根，未有天地，自古以固存，神鬼神帝，生天生地。」莊子的論述如人得「道」，即得到了無限自由境界。

《易經》的乾坤學說何嘗不是一個時空概念？較恰當的說法它更是「超時空」的。乾坤代表天與地、陰與陽以至整個宇宙，它不單能令人認知過去未來，更能預測吉凶禍福，指點迷津，這樣深奧的學問，其發揮的能量，是無窮無盡，無遠弗屆！

言歸正傳，作者會循着他在《誰是真兇？》埋下的伏線，繼續埋首苦幹，延續奇異故事，這就是「灰狼創作系列」作品。「灰」取自黑白中模稜兩可的顏色，沒有對錯，亦有所謂灰色地帶意思。這樣說，是不是處事不分青紅皂白？當然不是，公道自在人心！「狼」具有敏銳的觸覺，喜歡追蹤，不畏艱苦沉着幹，是作者心中的圖騰！

作者：陳見宏
設計：4res

出版：紅出版（青森文化）
地址：香港灣仔道 133 號卓凌中心 11 樓
出版計劃查詢電話：(852) 2540 7517
電郵：editor@red-publish.com
網址：http://www.red-publish.com

香港總經銷：香港聯合書刊物流有限公司
　　　　　　香港新界大埔汀麗路 36 號中華商務印刷大廈三字樓
台灣總經銷：貿騰發賣股份有限公司
　　　　　　新北市中和區中正路 880 號 14 樓
　　　　　　(886) 2-8227-5988
　　　　　　http://www.namode.com

出版日期：2017 年 7 月
圖書分類：懸疑小說
國際標準書號：978-988-8437-83-2
定價：港幣六十八元正／新台幣二百八十圓正